ROBERT 1975

AU TEXAS

PAR

VICTOR CONSIDERANT

(École sociétaire, XXIIIe année.)

PARIS

À LA LIBRAIRIE PHALANSTÉRIENNE

29, QUAI VOLTAIRE, ET 2, RUE DE BEAUNE.

MDCCCLIV

AVERTISSEMENT.

Ceci n'est pas un livre et n'est pas destiné au public, c'est une simple communication confidentielle, — si l'épithète peut s'appliquer à un document imprimé, — adressée à des amis.

La fondation à laquelle ce Rapport conclut doit revêtir un caractère public et très-général sans doute ; mais il importe à la conservation du principe dans lequel elle est conçue qu'elle soit originairement nouée par des individualités déjà fraternellement unies, et représentant ce principe dans toute sa pureté intellectuelle et morale. L'œuvre ne doit donc entrer dans sa phase de grande publicité et appeler les concours extérieurs, que postérieurement à la formation d'un noyau composé d'éléments homogènes, sympathiques entre eux, en même temps que dévoués au but social, à l'Idée principiante de la fondation.

Telles sont les raisons qui circonscrivent, pour les premiers moments, le cadre de ceux à qui s'adresse la Proposition contenue dans ce Mémoire. Elles ont autorisé l'auteur à parler, dans quelques passages, un langage d'École, qui pourrait n'être pas toujours très-intelligible au public proprement dit, et ont motivé le sous-titre de *Rapport à mes Amis*, donné à son travail.

AU TEXAS.

RAPPORT A MES AMIS.

Avant le départ.

I

Vers la fin de 1852, au moment de mon départ pour
l'Amérique, j'étais occupé à rédiger une Note qui vous
était destinée.

Je rappelais le passé, les phases successives de notre Propagation, et j'examinais l'état présent des choses. Recher-
chant quel but d'activité l'École phalanstérienne pouvait aujourd'hui se proposer, je ne dissimulais pas les entraves dont
elle est actuellement entourée. Toutefois, je constatais un fait
important, et je proposais une résolution.

Le fait dont je prenais acte n'est nouveau pour aucun

1

esprit exercé, parmi nous. Il résulte du caractère des élément modernes de l'élaboration historique qui tend à dégager l'Ordre de l'avenir de celui du passé.

Ces éléments sont : l'industrie et la science d'une part, et d'une autre les idées suscitées par l'avènement du problème social; — le reste, quelque place qu'il puisse tenir dans les choses et les préoccupations du moment, appartient au passé, et, comme tel, ne compte pas ici.

Or, les créations modernes de la science et de l'industrie, tout en se développant sur le terrain neutre et indépendant qui est leur domaine propre, revêtent de plus en plus le caractère grandiose de *procédés puissanciels*, d'intruments de grande activité combinée et collective : c'est-à-dire qu'elles vont, à leur insu, droit à l'Ordre sociétaire.

Quant aux idées socialistes proprement dites, malgré les températures élevées qui en surexcitaient naguères l'éclosion, et en dépit des efforts inouïs d'originalité tentés généralement par leurs promoteurs, elles n'ont offert, cela est clair à nos yeux, que des lambeaux ou des déformations de la pensée vaste, homogène et harmonique de Fourier. C'est ce qu'établissait une revue de ces idées, commençant aux doctrines communistes, parcourant les principaux genres des innombrables combinaisons qui ressortissent aux données du Garantisme (systèmes de crédits, mutualités, réformes commerciales, associations et cités ouvrières, consommations sociétaires, innovations en éducation, etc.) et finissant à la réaction individualiste de MM. Proudhon et Émile de Girardin.

Tout ce travail si passionné, si bruyant, si troublé et si trouble s'est opéré, en dernière analyse, autour de deux pivots :

a) Le *desideratum* d'une *combinaison* parfaite et absolue des choses et des forces sociales;

b) Le *desideratum* non moins formel de la *liberté* parfaite et absolue des éléments humains;

Ce qui implique comme conséquence et troisième terme :

k) Une *Justice distributive* universellement agréée (1).

Chacun de nous sait comment ces trois absolus, dont les luttes ont défrayé le chaos socialiste des dernières années, se résolvent dans la conception de l'Ordre naturel et harmonique découvert par Fourier.

Or, une gravitation aussi évidente de tous les éléments du monde vivant vers un même but, prouve péremptoirement que celui-ci est sur la route naturelle et certaine de l'humanité. La grande Théorie sociale dont nous sommes en possession trouve donc ici une contre-preuve, une confirmation historique, et le gage de sa réalisation ultérieure, quoi qu'il arrive.

Cela reconnu, je me demandais par quels moyens, en l'état des choses ambiantes, nous pouvions hâter cette réalisation, objet de nos indéfectibles efforts. — Les circonstances actuelles étant données, que faire pour notre Cause ?

Malgré la résistance bien connue que j'ai toujours opposée à l'idée de quelque entreprise faible et trop diminuée, la discussion des conditions présentes me forçait à reconnaître qu'une œuvre *quelconque* était préférable, pour l'École, à un prolongement d'inaction absolue. J'étais amené, pour conclusion principale, à la proposition d'un Projet d'expérimentation du Procédé sériaire, réduit aux données les plus simples, aux éléments absolument indispensables et réclamant les moindres ressources. — Les bases de ce Projet avaient été déjà posées et discutées dans une série de lettres échangées entre nos amis de Paris et moi pendant le courant de l'été.

---

(1) Il est visible aujourd'hui, pour le remarquer en passant, que les plus grands obstacles, rencontrés par le Socialisme, lui sont venus principalement de l'obstination qu'il a mise, malgré nos constants efforts, à vouloir faire passer ce troisième terme (la Répartition) avant les deux autres qui, scientifiquement, le précèdent, le contiennent et l'engendrent.

Cette conclusion, ainsi que les différentes hypothèses d'exécution qui s'y rattachaient, était raisonnée et motivée; et, malheureusement, si modeste qu'elle fût, je ne pense pas qu'en s'enfermant dans les données actuelles de l'Europe, il nous serait aisé de trouver mieux, — du moins parmi les combinaisons à la fois réalisables dans ce milieu et acceptables par nous.

II

Si j'ai rappelé cette Note, mes amis, quoique j'aie aujourd'hui, grâce à Dieu, autre chose à vous présenter, c'est pour vous montrer d'abord que je n'ai pas perdu un seul instant la foi pleine et entière au triomphe nécessaire de l'Harmonie, dont la loi efficiente, — la Série, — est acquise à la connaissance humaine depuis Fourier; c'est pour vous confesser, ensuite, que tout en ayant pu compter très-légitimement, à d'autres époques, sur une expérimentation large, libre, suffisamment munie et fortement nouée, de cette formule libératrice, j'avais néanmoins cédé à la force des circonstances, et cru devoir accepter, sous leur pression (on en eût il est vrai pris acte), un *pis-aller* d'où je m'étais jusque-là, pour ma part, toujours efforcé de tenir l'École éloignée; — c'est enfin, et surtout, pour que vous sachiez au juste quel était l'état de mon esprit au moment de mon départ pour l'Amérique.

Il me paraît en effet nécessaire, pour édifier vos intelligences sur les vues et les plans nouveaux que j'ai maintenant à vous proposer, de vous faire assister à la formation des idées qui constituent ceux-ci, et de vous décrire fidèlement les causes qui en ont motivé le développement dans mon propre esprit. Entre vous et moi, et pour une communication du genre de celle-ci, cette filiation est la meilleure méthode d'exposition et la plus naturelle que je puisse choisir.

Nous partirons donc du point où j'en étais moi-même au moment de mon voyage. Je spéculais exclusivement alors sur nos données européennes; à telle enseigne que Brisbane étant venu nous voir quelque temps avant ce voyage, — auquel, bien qu'il m'y engageât vivement, j'étais loin encore de songer alors, — j'avais fait mon possible pour le convertir à l'idée d'une expérimentation en Suisse, où je supposais que, toutes forces réunies, nous pourrions agir, et repoussé comme de très-faible valeur ce qu'il me proposait du côté de l'Amérique. Il est vrai que Brisbane, qui a parcouru cinq ou six fois l'Europe et touché même à l'Asie, ne connaissait encore qu'une assez petite partie de son propre pays, et ne se doutait pas de ce que, quelques mois plus tard, nous étions destinés à y rencontrer, je dirais presque à y découvrir ensemble.

Mon but n'est pas ici d'écrire un livre sur les États-Unis, pas même de vous faire un récit de voyage : il y faudrait plusieurs volumes. Je me bornerai donc à toucher les points qui me paraîtront liés à la Proposition qui est l'objet et la conclusion de ce Mémoire.

PREMIÈRE PARTIE.

De Décembre 52 à mai 53.

I

Mon départ pour le Nouveau-Continent a été aussi acci-dentel que subit. J'ai été emmené en Amérique plutôt que je n'y suis allé. C'est à peine si, au moment de la détermi-nation, j'eus le temps d'échanger, à ce sujet, une lettre avec nos amis de Paris.

Trois ou quatre mois consacrés *à voir* le Nouveau-Monde, tel était uniquement mon programme, et j'avais si peu l'idée d'y trouver une issue nouvelle à nos préoccupations supé-rieures, que j'emportai avec moi le travail dont je viens de vous parler, pensant le terminer en mer et l'envoyer à Paris peu de temps après mon arrivée.

Parti d'Anvers le 28 novembre 1852 et de Liverpool le 1er décembre, j'entrais, le 14 au soir, dans la splendide baie de New-York, bien que nous n'eussions presque pas cessé d'avoir vent contraire et très-grosse mer. Les bonnes tra-versées, par vapeur, ne prennent déjà plus que dix à onze jours; il est à croire qu'avant peu d'années ce sera tout au plus six ou sept. Les deux hémisphères se rapprochent singulièrement.

Nous connaissons tous plus ou moins, en Europe, l'état de la société américaine. Outre les récits et les journaux, nous avons, sur les États-Unis, de bons livres. Ici, pourtant, la réalité est bien autrement saisissante que les peintures les plus fidèles. Deux heures de promenade dans les rues de New-York me pénétrèrent plus à fond que toutes mes lectures du principe principiant de la société américaine.

Cette spontanéité humaine à l'œuvre sur un champ sans limites; la rapidité et la masse du mouvement qu'elle engendre; la rudesse de celui-ci et son ordre particulier; la réaction du milieu résultant sur la personnalité elle-même qu'une telle atmosphère trempe, aimante, arme et munit pour ses circonstances propres; l'incroyable quantité de travail social lancé par ces volcans d'activités moléculaires sans cesse en éruption; tous les phénomènes, enfin, de la création spontanée la plus rapide et la plus énergique qui se soit jamais produite dans l'histoire de l'humanité, vous apparaissent, vous enveloppent en un instant, vous crèvent les yeux, vous crient dans les oreilles, vous tiraillent, vous bousculent; bref, se font comprendre vivement et de toutes les manières. A peine débarqué, l'Européen reconnaît qu'il a mis, formellement, le pied sur un nouveau monde.

L'énergie de l'individualisme libre, la puissance de l'activité personnelle, dégagée d'entraves, se dressent de toutes parts et vous frappent si fort que l'on en est d'abord étourdi.

Personne ne m'attendait en Amérique. Nos amis apprirent mon arrivée par les journaux, dont plusieurs, à cette occasion, parlèrent en termes bienveillants de nos doctrines, et je fus, de la part d'une réunion mensuelle des journalistes de New-York, l'objet d'une invitation tout amicale et sympathique. — Brisbane, qui était à Buffalo, ne tarda pas à me rejoindre.

On entrait au cœur de l'hiver. Je sentais le besoin de débrouiller le chaos qui tourbillonnait autour de moi, de me faire un plan quelconque, et d'apprendre un peu d'anglais avant de m'engager dans l'intérieur. Il fallait me mettre en état de voir avec quelque fruit. D'ailleurs, Brisbane, à qui l'idée d'une tournée ensemble allait parfaitement, était encore retenu par des affaires. Il fut décidé que je ferais d'abord une résidence de quelques semaines à la *North-Ame-rican-Phalanx*, établissement sociétaire fondé dans l'Etat de New-Jersey, non loin de New-York. J'avais naturellement à cœur d'étudier cet établissement, et j'y devais trouver d'excellentes leçons d'anglais. Brisbane m'y conduisit avant de retourner à ses affaires. Quelques mots sur cette Association ne sauraient être déplacés ici.

II

Nous avons eu maintes fois occasion de faire connaître aux amis de la Doctrine sociétaire en Europe, le caractère et la marche de sa propagation en Amérique. Rappelons brièvement les faits.

La conception de Fourier comporte deux idées générales : 1° l'idée de l'*Association*, notion économique et sociale d'un ordre coopératif et combiné, opposé à l'état de morcellement et de divergence; 2° l'idée de la *Loi sériaire*, au moyen de quoi l'Association est conçue, non plus simplement comme une agglomération d'éléments coopérants fonctionnant dans un système quelconque, mais comme un être social doué d'une organisation supérieure, vivant d'une vie pleine, intégrale et harmonique. — La propagation primitive, en Amérique, a été entraînée à s'occuper exclusivement de la première de ces deux idées. La seconde a été négligée ou ajournée, finalement très-peu mise en lumière.

Une telle simplification, en réduisant la théorie aux degrés élémentaires, était faite sans doute pour faciliter et accélérer les adhésions; mais si elle devait avoir quelque part un danger, c'était aux États-Unis, le caractère américain étant assez disposé déjà de lui-même à attaquer les choses sans trop de préparations. Aussi, sans s'inquiéter de ces conditions organiques dont il avait été si peu question, nombre de ceux qui accueillirent le principe sociétaire imaginèrent tout naturellement qu'il suffisait, pour engendrer l'harmonie sociale, de se réunir sur un terrain, d'y stipuler un contrat d'association et d'*aller en avant*. — *Go ahead!* c'est la devise des populations de l'Union.

De telle sorte que l'on vit, à l'époque dont je parle, surgir en beaucoup de lieux des *Phalanges*. C'est le nom que l'on donnait à des associations composées quelquefois seulement de quatre ou cinq familles, convaincues qu'elles allaient, sans plus de façon, constituer ainsi des noyaux d'harmonie dont le développement irait tout seul. — Si encore toutes ces tentatives si faibles eussent été réunies! Mais non, et je comprends très-bien aujourd'hui que dans les circonstances que je viens de rappeler, les choses aient dû commencer ainsi. C'est tout à fait conforme au génie américain.

Quoi qu'il en soit de tous ces essais si peu calculés, la *North-American-Phalanx*, grâce à des capitaux et à un personnel de fondation plus considérables, subsiste seule aujourd'hui.

La N. A. Phalanx compte, à l'heure qu'il est, dix années d'existence. Son personnel, de 120 à 150 membres, y compris les femmes et les enfants, est resté numériquement stationnaire. Une telle faiblesse en nombre et la lacune, chez la plupart des membres, des connaissances théoriques qui eussent entretenu dans la masse une aspiration vers l'idéal, une tendance à la réalisation de ses conditions nécessaires, notamment l'accroissement de la population, n'ont pas permis d'y tenter la moindre ébauche d'organisation sériaire. Un atelier s'appelle bien *groupe*, une division *série;* mais le travail n'en fonctionne pas moins, comme dans tout établissement civilisé, en mode monotone et continu, sans rivalités ni diversités engrenées quelconques. Seulement, les coopérateurs sont égaux, libres et associés.

Hé bien! même en cet état, pour qui connaît la Théorie phalanstérienne, la N. A. Ph. en est déjà une confirmation formelle. En effet, tout ce qui en est réalisé sur ce petit théâtre, y produit, proportionnellement, les conséquences prévues, et tout ce qui manque laisse voir, dans les résultats, les lacunes correspondantes.

Ainsi, lacune absolue quant aux effets spéciaux de l'Organisme sériaire, celui-ci faisant totalement défaut; mais production de tous les phénomènes propres à l'Association, dans la proportion des choses et des nombres auxquels celle-ci est appliquée.

La vie, l'entrain, l'attrait au travail manquent totalement. La spontanéité individuelle, cette puissante caractéristique des populations américaines, que l'organisme sériaire peut seul entretenir et développer dans une association, tend visiblement ici à s'affaiblir. L'association végète plutôt qu'elle ne vit abondamment. Elle semble plus ennuyée et somnolente qu'alerte, gaie, active et passionnée à son œuvre. Ceci répond clairement à l'absence de l'excitateur nerveux, de l'organisme sériaire. La science enseigne, en effet, que faute de cet appareil, l'association ne fait qu'aggréger les individus et tend à noyer la personnalité dans la substance collective.

Mais d'autre part, les rapports de maitre et d'ouvrier, de propriétaire et de prolétaire, de chef omnipotent et d'employé dépendant, la domesticité salariée, l'avilissement des fonctions répugnantes, les conflits et les discords de la concurrence anarchique, la dépréciation des salaires, l'infériorité de la condition industrielle des femmes, etc., etc., tous ces phénomènes que le morcellement engendre fatalement, ont disparu, remplacés par l'égalité des personnes et des sexes, l'honorabilité de tous les travaux, la dignité d'une subordination pratique, libre et consentie, et l'accord collectif dans l'intérêt commun. Les avantages économiques de l'Association se révèlent d'ailleurs proportionnellement aux nombres. Le fait de leur accélération progressive avec le nombre est mis en toute évidence.

Tout inférieurs et rudimentaires qu'en soient l'organisation et le titre de vie, la N. A. Ph. n'en présente donc pas moins déjà, péremptoirement réalisées, les solutions de plusieurs problèmes sociaux de première valeur, par la pratique, si réduite encore, du seul principe de l'Association. Le Phalanstérien instruit dans la doctrine éprouve une jouissance scientifique, mêlée d'une certaine tristesse que l'énormité des lacunes explique, à l'aspect de ces résultats si exactement proportionnels *à la quantité de théorie réalisée ;* et le visiteur civilisé, ne sût-il s'en rendre compte, sent lui-même au contact de ces transformations une satisfaction inconnue. Ce n'est pas, en effet, sans un genre de charme tout nouveau qu'il se voit, dès son premier repas, servi par des jeunes filles, de jeunes garçons et des dames, qui sont les enfants et les femmes des maîtres de l'établissement, et qui bientôt après ont pour serviteurs, à leur tour, une partie de ceux aux ordres de qui ils étaient tout à l'heure. C'est que, aussi bien, ce qu'il a sous les yeux, n'est rien de moins qu'une grande émancipation sociale réalisée, accomplie. Une fonction sociétaire, digne et décente, remplace autour de lui la domesticité du noir esclave, ou celle d'une classe des parias de la misère libre.

Il est témoin d'une réhabilitation effective, analogue, de tous les autres genres de travaux plus ou moins avilis dans nos sociétés morcelées. Cette réhabilitation est d'ailleurs si naturelle à la pratique sociétaire, que nombre de visiteurs peuvent fort bien en éprouver une impression sans savoir trop se rendre raison des causes qui la produisent.

Les jeunes filles et les dames gagnent sans difficulté leur existence. A un âge donné, les femmes prennent part active aux séances où se décident les intérêts de l'Association, émettent librement leurs opinions et votent comme les hommes. L'égalité industrielle et sociale des sexes se trouve ainsi établie comme d'elle-même, et ici encore la nouveauté paraît chose si simple et si naturelle que, sans aucun doute, la plupart des civilisés ne songeraient pas même, en face du fait, qu'ils ont devant eux toute une grande évolution historique accomplie.

Les heures qui ne sont pas employées au service de l'Asso-ciation ne donnent lieu, cela va sans dire, à aucune rétribu-tion ; mais aucun travail n'est obligatoire ; chacun se dispense, quand il lui plaît, de sa tâche ; cependant, tous les travaux nécessaires s'exécutent régulièrement. On ne sent à la N. A. Ph. aucune domination, aucune contrainte ; il n'y existe pas l'ombre d'une autorité ayant capacité pour enjoindre, répri-mer, punir ; toutes choses, néanmoins, s'y passent fort con venablement ; on ne rencontrerait nulle part des mœurs plus honorables et plus décentes. Aussi imaginé-je que tant de braves gens qui ne peuvent se représenter la pratique de l'Association que comme l'abomination de la désolation, se-raient bien plus surpris encore de ce qu'ils n'y sauraient trouver que ce qu'ils y pourraient voir. Un effet de ce genre s'est produit sur les civilisés voisins. Ceux-ci, lors de la fon-dation, s'émurent ; ils redoutaient un foyer de pestilence. Ils n'ont pas tardé à se rassurer et à vivre avec l'Association en bonne entente.

Tout être vivant est une Association. La variété, la richesse des éléments intégrants et le degré de l'organisation, font les différences. En ce sens, la petite phalange du New-Jersey est un zoophyte sociétaire. Il y faudrait une réforme radicale, conséquemment un élan et un parti pris de progrès, difficiles après dix années d'existence, pour qu'elle pût s'élever à un ordre supérieur. Quoi qu'il en soit, ses fondateurs auront ac-quis des droits incontestables dans l'histoire des origines de l'Ordre sociétaire. Elle possède, comme je l'ai indiqué sommairement, une précieuse valeur d'étude et de démons-tration, sinon pour les civilisés, du moins pour les phalans-tériens versés dans la science dont elle confirme les données en positif et en négatif de la façon la plus formelle. Elle

prouve d'ailleurs un fait qui peut avoir une grande importance
pour la pratique de la transition. Ce fait, que nous avions
déjà admis et énoncé sur le rapport de Br., c'est que le caractère américain se prête assez aisément aux degrés d'association les plus rudimentaires eux-mêmes. En Europe, avec
nos populations méridionales surtout, une association semblable à celle-là ne tiendrait pas quinze jours. Elle éclaterait
en dissensions de toutes sortes. La nature froide, réservée,
et la sociabilité plus raisonnable que passionnée des Américains du Nord, supporte des états transitoires auxquels il
serait téméraire de soumettre des éléments européens purs.
L'examen de ce phénomène n'avait pas moins que beaucoup
d'autres droit à toute mon attention.

III

Je quittai mes excellents hôtes de la N. A. Ph., après six semaines employées à d'utiles études de pratique sociétaire; et,
bien qu'incapable encore de parler l'anglais, préparé du moins
à recevoir avec fruit les leçons de l'usage. De là, à la fin d'avril,
en attendant que Br. fût libre, le temps que je ne pas-
sai pas à New-York fut consacré à visiter Boston et les
amis dévoués que notre cause y compte; les établissements
de Lowel et de Lawrence (1), créations aussi colossales que fa-
buleusement rapides du génie pratique et de l'industrialisme

---

(1) On aura une idée de la rapidité de ces créations par les chiffres
suivants :

Population en 1820	—	1830	—	1840	—	1850
de Lowel —	»	6474		20796		32964
Lawrence —	»	»		»		18341

Lawrence surtout présente un ensemble de constructions dont rien ne
peut donner l'idée en Europe; ce sont de véritables palais manufacturiers. Tout cela est sorti de terre en quelques années.

américains ; une Communauté extrêmement intéressante pour nous, des *Perfectionnistes*, dans le comté d'Oneïda, dont je regrette de n'avoir pas le temps d'indiquer ici les doctrines ; enfin, le nord de l'État de New-York, les bords du lac Érié et du Niagara, non loin de Batavia, où je rejoignis Br.. Il y aurait beaucoup de choses intéressantes à dire sur ce que je vis pendant ces trois mois ; mais ce n'est pas notre objet.

Bien que je fusse débarqué en Amérique sans idées préconçues d'aucune sorte, l'esprit à l'état de *table rase*, et que je ne me préoccupasse d'abord que de voir, de m'enquérir, d'apprendre un peu les États-Unis et d'élargir ainsi mon horizon, il ne pouvait se faire que je n'examinasse bientôt ce champ immense et nouveau au point de vue de notre cause. Il y avait à cela deux raisons : la première, c'est que, comme tout phalanstérien sérieux, je porte partout cette cause avec moi ; la seconde, c'est que je rencontrais en Amérique des amis qui y avaient longtemps travaillé eux-mêmes à la propagation de la foi commune. La discussion d'une Réalisation sur leur terrain était donc naturellement entre eux et moi, à l'ordre du jour. Il est dans mon plan, comme je vous l'ai dit, de vous initier au travail qui se fit dans mon esprit sur ce sujet.

Quelles facilités particulières l'Amérique offrirait-elle à la réalisation de nos vues ? Qu'y aurait-il de mieux à y concevoir dans ce but ? — Tel fut donc bientôt l'objet, encore tout hypothétique il est vrai, de mes pensées, et le texte de mes conversations avec nos amis, surtout avec Br. — Br. aura la gloire d'avoir importé le Verbe libérateur en Amérique et de n'avoir jamais cessé d'y tenir en vue la grande affaire de la Réforme sociale. — Il vint assez souvent me voir pendant les trois premiers mois de mon séjour, et nous passions en discussions de longues heures.

Les rôles étaient ainsi partagés. Br. montrait naturellement une grande foi à l'Amérique ; c'était son terrain, c'était là seulement qu'il songeait à agir. L'Amérique, au contraire, ne fut longtemps pour moi qu'une hypothèse. D'autre part, il inclinait assez fortement aux transitions, aux réformes intermédiaires, tandis que je ramenais toujours sur les premiers plans l'idée d'une expérimentation sériaire, d'une solution intégrale et d'une marche rapide sur la pleine harmonie. On verra comment nous devions trouver aisément l'accord.

N'ayant aucune idée arrêtée, j'interrogeais Br. Ses projets firent les frais de nos premières conversations. Il en avait caressé plusieurs, encore assez vagues il est vrai.

D'abord, c'était la création d'un grand journal et d'une propagation montée sur une large échelle. Sans nier que les libertés du pays et les dispositions des esprits ouvrissent sur cette voie, en Amérique, des espaces considérables, je pensais que les temps d'une œuvre de ce genre étaient passés; qu'il s'agissait plutôt aujourd'hui de réunir, sur des réalités pratiques, les éléments acquis à l'Idée de la transformation sociale, que de se borner à la tâche d'en conquérir laborieusement de nouveaux; j'insistais pour qu'un Projet déterminé d'application fût d'abord conçu et présenté; que la Propagation, quelle qu'elle dût être, y fût subordonnée, et qu'elle se fît par des publications libres et des *lectures* (expositions orales), plutôt que par un organe quotidien trop assujettissant et trop absorbant. Nous étions ainsi ramenés à la question des projets pratiques.

Br. songeait, lors de mon arrivée, à une acquisition de quelques lieues carrées de terre dans l'Ouest (l'Ohio, l'Illinois ou l'un des États voisins), où l'on établirait des opérations de grande culture avec des machines et des escouades agricoles rivalisées comme le sont, dans les grandes villes de l'Est, les compagnies de *firemens* (pompiers), qui présentent de beaux effets d'activité émulative. Cette idée et ses accessoires furent bientôt abandonnés

Tantôt il s'agissait entre nous du parti que l'on pourrait tirer de la N. A. Ph. dans différentes hypothèses. Tantôt c'était la question d'un établissement d'éducation intégrale, sur des bases plus ou moins voisines de notre ancien Projet européen. Une autre fois nous nous occupions du système demi-sociétaire que l'on a en vue dans un nouvel établissement en voie d'exécution à Rareten-Bay, système conçu par d'anciens membres de la N. A. Ph. qui se sont éloignés de celle-ci, n'y trouvant pas, à l'initiative individuelle, des issues suffisantes ; ou encore du mode par lequel d'autres amis de l'Association se proposent d'y arriver progressivement, en partant d'un état d'individualisme absolu et absolument libre , dans Long-Island ; etc.

IV

Bien qu'elles ne nous eussent livré aucun projet déterminé, les conversations que nous reprimes fréquemment durant les premiers mois , sur ces textes, furent loin d'être sans valeur. Nos idées s'étaient développées, nous avions éliminé les scories et nous nous étions mis d'accord sur des points généraux.

D'abord, la pensée d'une œuvre pratique, quelle qu'elle dût être, avait décidément pris rang pivotal dans nos spéculations.

Nous nous étions parfaitement entendus sur les incontestables avantages qu'un mélange de population américaine et européenne, offrirait à une œuvre sociétaire, quel qu'en dût être le plan ; aucune hésitation n'était permise à cet égard.

Nous étions d'accord que les États du Nord, de l'Est, et de ce que l'on appelle l'Ouest, devaient être exclus comme champ d'exécution pour plusieurs raisons décisives. La longueur et la rigueur des hivers y ferment beaucoup trop longtemps la vie agricole et le théâtre de la nature ; elles imposeraient pendant cinq, six ou sept mois de l'année, — suivant le système adopté pour l'époque de transition, — un isolement ou une condensation intérieure des éléments de la population, offrant l'un et l'autre de sérieux inconvénients. Les chaleurs se montrent souvent, d'ailleurs, excessives dans ces contrées pendant l'été; les meilleures terres y sont appropriées et tenues déjà à des prix considérables. Les grandes vallées de l'Ouest, où l'on serait conduit à chercher des terrains moins chers et des climats moins extrêmes, sont rarement salubres aux premiers occupants, etc., etc.

Nous avions été frappés d'un fait considérable et tout récent : je veux parler du développement si remarquable et si prompt des Mormons. Avec un bagage d'idées rétrogrades et absurdes, un mélange bizarre de mahométisme, de patriarcat et de théocratie biblique, et grâce à une certaine dose de solidarité vraiment socialiste, les Mormons ont réalisé en peu d'années une prospérité incroyable. Ils sont à la veille de constituer un nouvel État à l'ouest des montagnes Rocheuses. — Mais les trente-deux États et les Territoires dont se compose aujourd'hui la Fédération américaine n'ont-ils pas aussi une origine toute récente et réellement merveilleuse? Ce grand peuple, de 25 millions d'âmes, a commencé il n'y a guère plus de 200 ans, par l'émigration de quelques *pèlerins*, c'est le nom qu'ils se donnaient, qui venaient chercher sur les terres sauvages du nouveau continent la liberté pour leurs idées entravées ou persécutées dans l'ancien!

Ces faits inclinaient Brisbane à l'idée de jeter quelque part les bases d'un État garantiste, dont l'accroissement ne saurait manquer d'être rapide. « Si nous ne pouvons pas fonder l'Har- » monie sociale, répétait-il souvent, fondons du moins la » Justice. » Là dessus nous discutions, lui prétendant qu'il était aujourd'hui plus facile de fonder la justice que l'harmonie; moi soutenant qu'on réaliserait beaucoup plus aisément la première par la seconde, qu'en la poursuivant isolément. L'accord se fit avec facilité dans une formule générale : — « Création d'un milieu social librement ouvert à toutes les » idées progressives, où les phalanstériens de pleine foi se

2

» proposeraient particulièrement l'organisation de l'harmo-
» nie sériaire intégrale. »

V

Je-ramenais souvent une idée qui m'était venue tout au
début de ces hypothèses dont l'Amérique était le champ. Il
existe, m'étais-je dit, sur le sol immense de l'Union, des
quantités encore illimitées, pour ainsi dire, de terres désertes
et non appropriées. On sait d'ailleurs que la valeur des terres est une fonction très-rapidement proportionnelle à la population qui s'y porte. La faculté d'amener du monde sur
une zône déterminée est donc l'équivalent d'une création de
valeur.

Qu'est-ce à dire, sinon que l'Idée phalanstérienne possède
un capital virtuel énorme dans la communauté de foi qui
rassemblerait, sur des espaces donnés, un concours de personnes dévouées à l'objet de la conviction collective? Cette
foi serait donc ici une puissance financière très-sérieuse, et de
nature, si elle s'ébranlait et agissait résolument, à fournir
à une œuvre pratique de larges conditions de développement.

Dans l'hypothèse, en effet, où une quantité plus ou moins
considérable de nos éléments phalanstériens des deux mondes, auraient résolu leur condensation, la seule fixation un
peu intelligente de ce noyau de population sur des terres
inoccupées, réaliserait immédiatement une création de plus-
values territoriales croissant avec le nombre, qui seraient d'o-
res et déjà des forces financières, des valeurs positives, certaines, indépendantes même du plan de colonisation, et qui
en partie escomptées, en partie réservées pour l'œuvre, con-
courraient aussi utilement à la fondation de celle-ci qu'à ses
développements ultérieurs.

Cette idée naturellement déduite de nos données propres,
m'apparut dès l'origine comme réclamant sa place à la base

de toute hypothèse de Réalisation spéciale à l'Amérique. Elle ouvrait une issue toute nouvelle à la conception des voies et moyens appropriés aux choses du Nouveau-Monde, et je sentais que seule elle pourrait permettre la construction d'un Projet capable de déterminer la réunion des capitaux et des volontés indispensables, les uns et les autres à une grande entreprise.

VI

Nous arrivions donc peu à peu, par l'étude et la discussion des choses, à dégager des vues générales et à donner un caractère moins vague au but d'un voyage que nous avions résolu en principe, mais sans trop savoir encore ni ce que nous lui demanderions, ni où il devrait nous conduire. Ces préliminaires nous servirent d'abord à diriger nos informations sur les pays à explorer. Où irions-nous? Cette question était évidemment fonction de ces autres : Que cherchons-nous? que nous proposons-nous? que voudrions-nous tenter?

Au début, l'indétermination absolue de nos idées nous inclinait à un parcours quasi-intégral des États et des Territoires de l'Union en deçà des Rocheuses. Nous eûmes éliminé bientôt, comme je l'ai dit, les climats rudes et extrêmes du Nord. Ces climats sont faits pour la Civilisation et appropriés à ses développements. La rigueur de la nature y créant des besoins impérieux, impose le travail, en dompte violemment les répugnances, et courbe forcément à son joug le prolétaire libre. Sur une terre et sous un ciel plus favorisés, le prolétaire incline naturellement à l'inaction. Les beaux climats échappent ainsi à la Civilisation qui ne les peut attaquer qu'en s'amalgamant de Barbarie, c'est-à-dire par l'Esclavage. Ils sont donc demeurés en grande partie, réserves de l'Harmonie, berceaux prédestinés du travail attrayant et passionné. — Les hivers du nord, les étés brûlants et l'insalubrité des grandes vallées de l'ouest et des plages basses du sud, limitaient considérablement le champ de nos recherches. — Quant aux territoires des anciennes possessions espagnoles, la nature y offre sans doute des données magnifiques ; mais quoique nous mîmes un instant en question une visite à la rivière des Amazones, des raisons trop puissantes militaient pour un champ compris dans la sphère régulière, si incomparablement florissante et libre, du gouvernement de l'Union américaine.

Bref, des renseignements circonstanciés dus à l'obligeance du capitaine Marcy, qui avait dirigé différentes reconnaissances du côté des frontières du Mexique, nous fixèrent sur des points moins éloignés du Golfe que ceux auxquels Brisbane avait songé. — Nous avions en effet compté d'abord nous diriger droit sur Santa-Fé, dans le Nouveau-Mexique, et explorer les pays situés à la hauteur des 35e et 36e degrés de latitude, aux environs des sources du Goo-al-Pah ou Canadian River et du Rio Pecos.

VII

J'ai eu plus d'une fois occasion, dans les vingt dernières années, de m'expliquer sur la question de colonisation en connexion avec celle de notre expérimentation sociale. Je disais que chacune des deux opérations offrant séparément des difficultés considérables, en les réunissant, on multipliait, les unes par les autres, les chances contraires. Bien que ceci se rapportât à la manière dont nous avions dû concevoir, en Europe, notre œuvre expérimentale, l'idée des difficultés particulières à la colonisation, et du danger de les associer à celles d'une épreuve sociétaire, était loin de m'avoir abandonné en Amérique. L'aspect sous lequel l'œuvre colonisatrice se présenta d'abord à moi n'était guère fait pour modifier favorablement mes craintes. Je la voyais, au Nord, dans toute sa rudesse. Là, c'est la forêt vierge, serrée, profonde et souvent marécageuse que le pionnier attaque par le

fer et par le feu. Des *fences* (grossières barricades) entourant
des abattis de grands bois; la charrue défonçant laborieusement des espaces à demi nettoyés, où se dressent, bien souvent vingt années encore après les débuts, des souches dont
l'extraction est si difficile qu'on se résout à en laisser pourrir
lentement les racines en terre; des paysages plats, dénudés
et tristes; des cabanes en planches s'élevant çà et là dans la
neige, dans des boues profondes ou dans des amas de poussière dont le vent fait un fléau, au milieu du désordre sauvage
de cette lutte contre une nature si peu commode à vaincre :
rien de cela, il en faut convenir, n'était trop encourageant.

Et que trouverions-nous au Sud? La nature du Sud ne se
montrerait-elle pas plus hostile encore? Les chaleurs, les
fièvres, les émanations meurtrières du sol; l'atténuation des
forces par le climat; la forêt plus rebelle et plus inextricable
encore; le voisinage de hordes indiennes insoumises, dépré-
datrices : enfin toutes les *légions* qui gardent les trésors des
jardins du soleil, n'offriraient-elles pas, aux premières générations qui voudraient s'emparer de ceux-ci, un champ de bataille
cumulant, avec des dangers d'un nouveau genre, des difficultés de fond plus graves encore? Notez d'ailleurs que,
parmi les informations que nous avions quêtées de droite et
de gauche, les renseignements effrayants n'avaient pas fait
défaut. Il y avait des moments où Brisbane lui-même, malgré sa foi américaine, ne considérait plus notre voyage que
comme une affaire de curiosité et un acquit de conscience.
Quant à moi, au moment de notre départ, j'étais plus que
sceptique à l'endroit de l'Amérique, du moins en tant que
foyer de force attractive suffisante pour déterminer un mouvement quelque peu sérieux de nos éléments européens.

Et cependant depuis cinq mois j'étais sous l'impression
d'un sentiment profond, irrésistible : je vivais sur une terre
libre. Je respirais la liberté par tous les pores, une liberté
pleine, entière, aussi complète qu'on la peut rêver pour la
Civilisation ; une liberté que la condensation des populations

sur un sol partout approprié et trop disputé, ne permettra jamais à la politique seule de réaliser en Europe et qui, jusqu'à l'avénement de l'Harmonie sociale, y restera une chimère. J'avais salué cette liberté; j'en jouissais avec des retours tristes et amers, que vous ne devez que trop bien comprendre. J'en jouissais profondément. Je jouissais du bien qu'elle fait à l'âme, de la dignité qu'elle verse sur un peuple, des immenses issues qu'elle ouvre à l'activité humaine, des créations fécondes qu'elle suscite et prodigue. Je la voyais à l'œuvre sous toutes les formes : à l'œuvre pour la conquête de la Nature, à l'œuvre dans les productions spontanées d'une industrie gigantesque, à l'œuvre pour un mouvement commercial prodigieux, à l'œuvre pour les entreprises théoriques ou pratiques des idées, des doctrines, des inventions ou des sectes. Tout était libre, l'air, la forêt, le champ, le mouvement, la parole, la pensée, la presse, les associations, la personnalité individuelle ou collective : tout est libre et ouvert.

Et cette liberté n'est pas seulement un fait général dans le pays, elle est encore la doctrine du pays. La liberté est la vie, l'âme, l'honneur, la conquête et même la raison d'être et la condition d'existence du peuple Américain. Ce peuple sent qu'il représente aujourd'hui la Liberté dans le monde et qu'il en a charge pour l'avenir collectif de l'humanité.

Et l'activité qui résulte de cette liberté n'est pas seulement un droit, elle est de plus un honneur. L'Américain est naturellement bienveillant à tout ce que l'activité novatrice engendre. Là, loin que les choses nouvelles, si elles sont inoffensives, soient entravées parce qu'elles sont nouvelles, on les accueille, on les encourage et, symptôme bien remarquable, des échecs, des chutes même ne font pas préjugé contre elles. En Amérique, une chute prouve que l'on a marché, voilà tout, et l'on y aime qui marche. *Go ahead!* c'est la devise. Rien de ce qui tombe honorablement n'est écrasé.

L'Amérique est actuellement, dans le Monde, la Patrie des Réalisations. Elle est essentiellement titrée en esprit de diversité, de mouvement, d'entreprises, en amour des inventions et des expériences, voire des aventures. C'est absolument l'inverse de notre vieille Europe, timorée, routinière même dans ses aspects progressifs, despotique même dans ses partis de liberté. O mes amis, quelle belle et grande et puissante chose que la Liberté! Que son air est fortifiant et quelle saine jouissance seulement que de s'en nourrir!—Ah! m'écriais-je en l'aspirant à pleine poitrine, si l'Europe nous offrait des conditions semblables, ou bien si nos éléments européens étaient en Amérique!... que promptement notre grand but serait atteint.

Mais ces deux hypothèses, la dernière dût-elle se borner à une transplantation même limitée de ces éléments, me paraissaient, je le confesse, ausssi chimériques l'une que l'autre. Comment, en effet, communiquer par la parole, pas même par la parole, par l'écriture froide, ce sentiment dont il faut avoir vécu pour le comprendre dans toute sa plénitude et sa toute puissance? Comment rompre des habitudes enracinées, vaincre une inertie d'autant plus résistante qu'elle est plus naturelle, secouer les torpeurs, triompher des préjugés, de la peur du lointain, susciter enfin une détermination collective aussi considérable, décider une semblable témérité! Je ne songeais pas même à caresser seulement l'idée d'une telle entreprise.—Je vous décris fidèlement l'état de mon esprit et les dispositions de mon âme. Vous savez, sommairement du moins, où j'en étais au moment du départ.

VIII

Le 50 avril, **Br.** étant libre enfin, nous quittâmes les bords de l'Érié, où flottaient encore des bancs de glace de plusieurs lieues de longueur. Les branches des arbustes ne laissaient pas même paraître cette légère teinte verdâtre avant-courrière des premiers bourgeons. Nous allions au Texas, que nous devions aborder par la frontière du nord sur la rivière Rouge, après avoir dessendu l'Ohio, le Mississipi et remonté une partie de l'Arkansas. Nous marchâmes le premier jour au sud-ouest de Cleveland où nous retrouvions l'Érié, et le lendemain, au sud-ouest, dans la direction de Wellswille sur l'Ohio. Le 30 avril, nous avions laissé l'hiver à Buffalo; le lendemain, à midi, nous entrions à Canton, où nous trouvions un des amis de la Cause, et pour deux degrés seulement plus au sud, nous étions déjà en plein début de printemps. Un beau soleil, une température vivifiante, la campagne verte et parée, les jardins rayonnants de fleurs, les oiseaux dans une ardeur de travail et d'amour dont je n'avais jamais été témoin à un pareil degré en Europe : je n'oublierai jamais le charme de ce changement de décoration à vue de la nature.

Ici déjà l'œuvre de la colonisation avait été moins rude. On avait eu plus souvent affaire à la prairie qu'à la forêt primitive. Le sol ne s'étendait plus en plaines monotones. Les ondulations du terrain, la variété des cultures, les bois qui couronnaient les hauteurs, les ruisseaux et les lacs où se baignent les pieds des grands arbres, donnaient au paysage un air riant et heureux qui me communiquait des impressions nouvelles et délicieuses.

Vierge ou cultivée, la verdure splendide de la grande végétation du nouveau monde ne devait plus nous quitter désormais, et le 2 mai, dans l'après-midi, nous atteignions, par une riche et pittoresque vallée charbonnière d'un des contreforts des Alléghanys, les bords magnifiques de l'Ohio.

Nous avions d'excellents amis de la cause à visiter à Cincinnati et à Patriot. Ils nous attendaient et nous reçurent à bras ouverts, approuvant énergiquement l'idée d'aller chercher un champ de grande Réalisation *out of civilisation*, hors de la civilisation. Et ils ne se bornaient pas à des vœux

pour le succès; j'entends encore le brave Allen nous disant :
« Trouvez ce qui convient; en huit jours je vends mes propriétés, règle mes affaires, et nous sommes prêts. »

Je devais aussi retrouver, à la porte de Cincinnati, notre
bon et vieil ami Gingembre, dans une maisonnette qu'il
s'est construite en huit jours avec ses deux fils, sur un mon-
ticule au milieu des grands arbres, au bord de l'Ohio;
et que j'ai baptisée du nom exact de Gingembre-Box. Dé-
goûté de l'Europe, Gingembre en était parti vers la fin de
1849 avec sa famille; et, comme l'immense majorité des
Européens que j'ai rencontrés en Amérique, il ne tarissait
pas en bénédictions sur l'inspiration qui l'y avait conduit.
Décidez, me répétait-il souvent, décidez tous nos amis à
venir en Amérique : ici nous pourrons faire et nous ferons
facilement de grandes choses. Ses trois enfants ont été très-
promptement et fort bien casés. Il est vrai que tous trois
parlaient, déjà avant d'arriver, la langue du pays.

A Cincinnati, grande cité active et prospère comme tant
de ces filles de l'Union nées d'hier (1), une de mes idées se
modifia : je veux parler de la question des difficultés matérielles de la colonisation.

J'avais sous les yeux l'un des arsenaux de la colonisation
intérieure. Comme une armée en campagne a, sur ses bases
d'opérations, ses grands dépôts de guerre, la conquête de la
nature a organisé, en Amérique, ses grands entrepôts et ses
magasins. Tout y est préparé et monté pour l'œuvre. Les
opérations que celle-ci comporte sont si pratiquées et si
communes que tous les détails en sont prévus et toutes les
nécessités pourvues. La colonisation a passé, en Amérique,

---

(1) Population progressive de Cincinnati.

Années.	1800	1810	1820	1830	1840	1850
Population.	740	2 540	9 644	24 831	46 338	116 180

à l'état d'industrie courante. Son outillage, son établissement et sa mise en œuvre sont si bien déterminés, ses procédés si usuels, qu'on peut dire qu'elle s'y coufectionne
comme on fabrique, dans les établissements *ad hoc*, des draps,
des planches ou des chapeaux. Les créations spontanées,
dont j'avais déjà vu d'ailleurs alors de si grands espaces
couverts ; la transfiguration si prompte de tant de terrains
naguères vierges et sauvages en cultures florissantes, en cités
populeuses ; la facilité avec laquelle se casent ces centaines
de mille Européens dénués, jetés chaque année par l'émigration sur cette terre généreuse, qui absorbe le flot mon-
iant de notre misère comme une pluie fécondante, et la
transforme si vite, par le travail, en aisance et en richesse ;
tous ces phénomènes particuliers à la formation sociale que
j'étudiais, m'avaient démontré, clair comme le jour, que si
ailleurs le problème de la colonisation est souvent hérissé de
grandes difficultés, la pratique l'a décidément résolu ici
sans réplique. Il est vrai que ceci est une opération purement
moléculaire et qui n'a plus qu'à se continuer.

Mais ce point gagné, bien d'autres objections subsistaient
dans mon esprit, et déjà même nous reconnaissions que l'appropriation, le prix et le morcellement des terres, non moins
que diverses autres considérations locales, étaient peu faits
pour encourager les idés dont Br. s'était bercé, quelques
mois auparavant, à l'endroit de ces contrées de l'ouest sur
lesquelles nous acquérions maintenant des notions très-posi-
tives.

IX

Nous prîmes congé, à Patriot, des derniers amis que nous
dussions rencontrer sur notre route, n'emportant plus que
nos selles et le strict équipage d'un voyage à cheval à travers
les forêts et les prairies du Territoire indien et du Texas.

giôns dés derniers rameaux de la chaine des Alléghanys; lés rives s'abaissaient et nous atteignîmes enfin les plaines sans limite du bassin du Mississipi. Quels espaces ! Nous avions laissé dernière nous, en quittant Patriot, le grand État de l'Ohio, longé à notre droite les États de l'Indiana, de l'Illinois, du Missouri, de l'Arkansas, et sur notre gauche ceux du Kentuki, du Tenessé et du Mississipi. Quels espaces, grand Dieu ! et quel avenir n'est pas réservé, acquis, à cette grande Fédération qui les retourne, ces espaces, et les ensemence de villes, comme le laboureur retourne son champ et sème son grain, et où cette semence de cités florissantes lève et grandit d'un soleil à l'autre... Croissez et multipliez, États de l'Union ! vous êtes déjà la grande patrie de la Démocratie, du travail, des éléments intégrants du monde moderne; vous serez bientôt, quoi qu'il arrive, le champ d'asile de ses idées les plus progressives et de leurs réalisations.

Nous allions jour et nuit, descendant à pleine vapeur le Mississipi, le *père des eaux*, ce fleuve de plus de mille lieues, dont l'aspect, à force de grandeur, reproduit l'impression d'infini que donne l'Océan. Nous étions enfermés entre le ciel bleu, les eaux gris de cendre du fleuve qui charrie sans cesse à la mer des flottes de grands arbres arrachés des berges de ses tributaires, et les deux remparts de verdure serrée, régulièrement étagée et massive, qui en flanquent, à perte de vue, sans interruption, les rives. — Nous atteignîmes enfin l'embouchure de l'Arkansas qu'il fallait maintenant remonter jusqu'à Little-Rock, au centre de l'État auquel cette rivière de 900 lieues a donné son nom. Nous y arrivâmes, saturés d'espace horizontal et heureux de revoir enfin un brin de rocher, premier signe d'une région qui commence à sortir des eaux et à s'accidenter.

Nous devions, d'après les renseignements du capitaine Marcy, qui dataient d'un an à peine, acheter des chevaux à Little-Rock et, de là, gagner, à travers des terres à peu près vierges, Preston, dernier point habité du Texas sur la rivière Rouge. Nous apprîmes qu'une diligence faisait régulièrement déjà ce trajet trois fois par semaine ! D'autre part, un bateau à vapeur chauffait pour remonter la rivière jusqu'au Fort Smith, extrême frontière des États civilisés, où l'Arkansas entre sur le Territoire indien. Jusqu'aux pieds des Rocheuses, le fleuve ne voit plus sur ses bords que des peuplades sauvages. Nous n'eûmes que le temps de délibérer un instant et de nous embarquer de nouveau.

La contrée s'élevait peu à peu sur nos rives. Des montagnes boisées surgissaient à l'horizon. A Van Buren, où nous nous arrêtâmes quelques heures, nous rencontrions déjà des peaux rouges et examinions avec intérêt un groupe d'Osages, un des plus beaux échantillons des races indigènes, que nous dussions rencontrer. La civilisation finissait ; l'Amérique indienne se rapprochait rapidement à chaque tour de roue ; nous touchions à la phase où le voyage allait devenir une sorte d'expédition. Enfin, ayant pris nos derniers renseignements et acheté des montures au Fort Smith, le 19 mai dans l'après-midi nous entrions, en traversant la rivière du *Poteau*, sur un bac en troncs d'arbres, dans le territoire des Choctaws. Le nom de cette rivière rappelle que des aventuriers français, amenés par la chasse, furent les premiers blancs qui parurent sur ses bords.

Il est impossible de franchir plus brusquement trois périodes sociales. A deux heures nous étions encore dans la riante cité qui s'élève au pied du Fort Smith : c'étaient des maisons blanches ou en briques roses, entourées de warandes toutes verdoyantes, séparées par des jardins en fleurs ; des rues larges et parfaitement alignées ; des magasins de toutes sortes ; des dames en robe de mousseline ; des enfants coquettement parés jouant avec leurs ombrelles ; des avocats, des médecins, des orfèvres, des horlogers, etc., et trois ou quatre grands bateaux à vapeur à quai sur l'Arkansas : toute une civilisation jeune, alerte et prospère. — Moins de deux heures après, nos chevaux ne se dégageaient qu'avec de grandes difficultés des fanges, des branches mortes, des troncs d'arbres à demi pourris, à travers lesquels nous suivions péniblement une espèce de chemin dans la forêt primitive dont les voûtes épaisses nous faisaient une nuit anticipée sur le *bottom* (le fond) marécageux du Poteau. C'était la nature sauvage dans sa pureté; la solitude sombre, silencieuse, vierge, et ses âpres parfums; la végétation luxuriante et compacte des masses arborescentes et des lianes gigantesques qui étreignent les grands arbres et les entrelacent en réseaux inextricables; des générations végétales s'élevant, sans interruption de temps ni d'espace, sur les débris séculaires des générations mourantes, mortes, entassées. Nous étions seuls, et pour la première fois au sein de ces énergies indomptées de la nature naturante. C'était superbe!

Il était nuit close quand nous arrivâmes à *Choctaws-Agency*, village indien où nous soupâmes, servis par une négresse esclave, avec de la pâte de maïs fumante, des oignons crus et un plat noir que je pris d'abord, avec quelque surprise, pour des côtelettes ultra-grillées, et que nous reconnûmes bientôt être composé de morceaux de poisson parfaitement carbonisés au dehors, mais, en compensation, parfaitement crus au dedans. Azaïs n'eût rien eu à y objecter.

Nous n'avions rencontré, d'ailleurs, dans la forêt que quelques cochons demi-sauvages et trois cavaliers indiens, ivres de brandy. Jusqu'au voisinage de l'autre frontière de l'Indian-Territory, du côté du Texas, ce village était le seul que nous dussions trouver sur notre route. Il nous offrait une page de la grande histoire sociale, la difficile transition de Sauvagerie en Civilisation. L'esclavage en fait ici les frais. Le nègre esclave est l'éducateur des peaux rouges, qu'il initie à l'agriculture, aux industries élémentaires, et auxquels il enseigne le violon. Nous en entendîmes, çà et là, toute la soirée dans les *log-houses* (maisons en troncs d'arbres) du voisinage, des sons si étranges que, si on ne nous l'eût dit, je conviens que nous n'eussions jamais pu savoir de quel instrument

cela pouvait sortir. Nous vîmes donc là l'esclavage à sa place
historique dans le mouvement de la Subversion ascendante,
et nous en reconnûmes la fonction. Ici encore je regrette de
ne point vous entretenir de sujets très-intéressants pour
nous tous au point de vue de la science; mais, pas plus que
précédemment, je ne dois oublier mon but et ne veux m'arrêter en route. Un mot seulement sur un incident qui faillit
nous faire rétrograder.

Partis le lendemain matin de *Choctaws-Agency*, nous
atteignîmes de bonne heure l'habitation d'un Indien de sang
mêlé, qui nous était indiquée comme une bonne station. Quoique la journée ne fût pas finie, nous dûmes nous y arrêter.
Je me sentais non-seulement très-fatigué, mais vraiment
indisposé. Je reconnus bientôt que j'avais une assez forte
fièvre. La nuit fut mauvaise; la fièvre ne me quitta pas. Le
lendemain, j'avais à peine la force de me lever et éprouvais
une grande prostration. Trois cavaliers américains qui sur-
vinrent, nous apprirent qu'ils avaient rencontré des rivières
gonflées par les orages, et dû les passer à la nage eux et
leurs chevaux. J'avais entendu, au Nord, des histoires assez
peu gaies sur les fièvres et les maladies des contrées du Sud-
Ouest. Ces histoires me revinrent, et je voyais, assez naturellement, dans mon état, l'effet d'une action de ces influences, si puissante et si prompte, que je craignais d'être
livré, sans résistance possible de ma constitution européenne, à une atmosphère ennemie. Je n'avais pas encore
senti poindre en moi la moindre lueur d'une foi sérieuse au
but social de notre voyage; rien ne me soutenait et j'éprou-
vai quelques heures de découragement moral aussi bien que
d'abattement physique. Je me demandai s'il n'était pas absurde, par simple curiosité et par un puéril amour-propre, de
poursuivre une entreprise qui débutait si mal. Je me voyais
bientôt sérieusement entrepris par la maladie, ne pouvant plus
avancer ni reculer, et privé de tout secours, dans quelque coin
du désert : nous n'avions pas même un guide avec nous.

Heureusement Br. était bien portant; sa foi américaine réagit : il soupçonna que le changement brusque de régime et la fatigue du cheval, dont j'avais depuis vingt ans perdu toute habitude, pouvaient bien être les seules causes de mon état, et il me proposa l'essai d'une nouvelle étape en avant. Br. avait deviné juste. Le cheval agit, paraît-il, homéopathiquement; car, après ce repos de vingt-quatre heures, nous n'eûmes pas plutôt fait quelques milles que je me sentis remis. Le soir, nous soupâmes chez un Indien qui venait de tuer un dindon sauvage, dont trois ou quatre morceaux mangés avec appétit me rendirent toutes mes forces. Dès lors, je me trouvai parfaitement.—J'ai mentionné cet incident d'abord pour montrer que si l'on peut avoir à subir, au début d'un semblable changement de régime et de pays, une petite épreuve, il ne faut pas s'en exagérer l'importance; ensuite, parce qu'il me rappelle nettement à moi-même, qu'entré déjà sur le Territoire indien je n'avais encore aucune foi à l'utilité de cette expédition au point de vue de notre cause; et enfin parce qu'il marque l'époque où une transformation en quelque sorte subite était à la veille de se faire à ce sujet dans mon esprit.

X

Vers le milieu de la quatrième journée, en effet, tout changea autour de nous comme par enchantement. Bien que j'aie très-présente l'impression que je ressentis à l'aspect des scènes qui s'étalèrent presque tout à coup sous nos yeux, je renonce à vous la transmettre dans son charme, sa fraîcheur et sa saisissante puissance.

Jusque-là, nous n'avions guère vu encore que la nature sauvage et âpre, la forêt impénétrable, des rivières encaissées dans des bancs de terres boueuses, un horizon borné. Le sol, sans doute, était fertile, ses produits accusaient même une fécondité très-énergique, mais quels rudes labeurs n'en réclamerait pas la conquête !

Tout à coup, le quatrième jour, après quatre ou cinq heures de marche, l'horizon s'élargit, la forêt s'ouvre, et nous débouchons sur une tête de vallée d'un tel aspect que nous étions tentés de croire à la féerie. Cette vallée, que nous dominions, s'étendait devant nous dans le sens de sa longueur. A droite et à gauche, de riches prairies s'élevant en ondulations élégantes, atteignaient des lignes de montagnes boisées, dont les sommets étagés sur plusieurs plans, verdoyant près de nous et bleuissant dans les lointains, encadraient le paysage. Du fond des vallons jusqu'à mi-côte, la prairie développait de superbes tapis veloutés d'herbes et de fleurs ; le long des lisières de la forêt, où les nappes de la prairie venaient mourir, la verdure plus sombre des bois dessinait des caps, des isthmes et des golfes aux contours les plus accidentés. Des bouquets de grands chênes, d'ormes, de noyers, d'hickorys, s'enlevaient çà et là comme des îles, sur les pentes des coteaux ; tandis que, dans les fonds, les sinuosités d'une végétation plus variée d'essences et de teintes que celle des hauteurs, accusaient les cours des ruisseaux qui les arrosent.

Le paysage était classique et charmant : mais ce qui nous surprit au delà de toute expression, c'en était le caractère. Je n'ai rien vu dans toute l'Amérique civilisée et cultivée, rien d'aussi propre, d'aussi coquet, j'allais dire d'aussi préparé, il faut dire d'aussi achevé que ces solitudes par où nous débouchions dans le haut bassin de la rivière Rouge. Br. et moi nous fûmes frappés de la même idée : nous crûmes voir, transportés dans le riche climat et sous le ciel magnifique du 54e degré, les plus beaux parcs créés et entretenus à si grands frais par la haute aristocratie de l'Angleterre. Qui a visité les parcs de Richemond et de Windsor, en effet, n'a qu'à en chasser les brouillards, les illuminer d'un soleil radieux, les baigner dans une atmosphère déjà méridionale et encore tempérée ; et il verra, du moins pour l'ordonnance des détails, ce que nous ne cessâmes presque d'avoir sous les yeux pendant une soixantaine de milles; c'est à ce point que, chevauchant et rêvant pendant les silences de la route, il m'est arrivé dix fois d'oublier totalement le désert et de chercher de l'œil la villa, le château, les résidences de luxe ou de haute agriculture, dont les images s'associent impérieusement à ces aspects de vergers, à ces pâturages entrecoupés de frais bosquets, à ces rideaux de grands arbres qui ombragent les expositions et les pentes de la prairie.

La nature a tout fait. Tout est prêt; tout est disposé; il n'y a qu'à élever ces constructions que l'œil s'étonne de ne pas trouver ; et rien n'est approprié ni morcelé : rien ne gêne. Quels champs d'action ! quels théâtres de manœuvres pour une grande colonisation opérant en mode combiné et collectif! quelles Réserves pour le berceau de l'Harmonie, et que puissants et prompts n'en seraient pas les développements si les éléments vivants et volitifs du monde de l'Avenir s'y trouvaient transportés ! Un horizon d'idées nouvelles, de sentiments et d'espoirs nouveaux s'ouvrait comme par magie devant moi. Br. était confirmé dans sa foi américaine; moi, baptisé.

L'aspect de cette nature si manifestement amie, cette douce et majestueuse invitation faite à l'homme social par la terre primitive, ces fiançailles si magnifiquement préparées entre elle et le travail libre, combiné et harmonisé, agissaient sur nous comme une révélation soudaine de la Destinée. Évoquez ces spectacles, ce climat, ce ciel, cette fécondité du sol, ces espaces, cette munificence des choses et la liberté ! Et pensez à l'état du vieux monde, que nous évoquions nous-mêmes, de ce vieux monde approprié par le morcellement, gangrené, possédé par des civilisations en décadence, travaillé par tous les vices, tiraillé par tous les intérêts sordides, voué à toutes les misères, à tous les despotismes, aux guerres, aux révolutions... Et dites si, en présence de ces dons

3

merveilleux, restés jusqu'à ce jour intacts sous la garde des peuplades primitives et du désert, l'idée des Réserves ménagées à la Pensée progressive de l'humanité par la Providence générale des choses, ne devait pas faire irruption dans nos âmes ! Pour moi, j'avais vu la lumière du Buisson Ardent, et dès les derniers jours de cette traversée, mes yeux s'ouvrirent à une étude mêlée désormais d'espérance, et fortement aiguisée, cette fois, par un intérêt supérieur et social. Je retenais un peu néanmoins l'expression de ces sentiments. Br. n'avait pas besoin de stimulant dans cet ordre, et ma raison voulait être édifiée sous toutes ses faces avant de recevoir, sans réserve, la foi qui demandait à l'envahir.

XI

D'abord, dans l'état actuel des choses, il ne fallait pas songer au Territoire indien. Il est réservé, et c'est au moins justice, aux races primitives. Les blancs ne s'y peuvent établir qu'en s'alliant au sang indigène : telle est la loi fédérale. A cette condition, il est vrai, on y prend toute la terre qu'on veut. L'érection de la plus simple clôture est la seule formule de l'appropriation légale et définitive. — La question était de savoir si le Texas offrirait des conditions aussi belles, et d'étudier de près toutes les données capables d'y favoriser ou d'y contrarier les développements d'une grande colonisation dont l'idée nous apparaissait, maintenant, sous un jour plus clair et dans des formes beaucoup plus réelles et plus positives.

Je ne dirai donc plus rien du Territoire indien, si ce n'est que la rencontre d'un Allemand, qui y est établi depuis sept ans, nous fournit de nombreux renseignements sur l'excellence du climat, la richesse du sol et la salubrité de la contrée. Au reste, ses champs, ses troupeaux, son jardin et ses vergers nous montrèrent ce qu'un homme isolé, arrivé là avec RIEN, c'était son capital primitif, avait pu en quelques années dans ce pays. L'oasis de culture dont s'était entourée la famille Peutcher, nous prouvait péremptoirement qu'une colonisation un peu pourvue y obtiendrait, de la nature, au delà même des promesses de son premier aspect. — Mais que serait le Texas?

En approchant de la rivière Rouge, nous commencions à faire des rencontres moins rares, et nous nous informions du Texas. Les réponses étaient unanimes. Ce n'était qu'avec un mépris relatif que l'on nous parlait du Territoire indien. « Qu'est-ce que ceci à côté du Texas? Le Texas est bien autre chose! » Malgré l'accord des renseignements, nous n'étions pas sans défiance. Je craignais, pour ma part, de voir tomber l'échafaudage de grandes choses possibles qui s'était élevé dans mon esprit. Je sentais, en effet, que pour que ces possibilités magnifiques eussent chance de devenir des réalités, il fallait une telle condensation d'éléments formels et certains de prospérité, une telle réunion de conditions décisives, un tel foyer d'attraction, pour tout dire, que sa sphère s'étendît jusqu'en Europe, jusqu'à vous, et fût de force à vous saisir, à vous ébranler, à vous mettre en vibration et vous entraîner dans une gravitation collective de volontés convergentes.

Le huitième jour à partir de celui où nous avions quitté le Fort Smith, à un moment où nous n'étions pas sans quelque incertitude sur notre chemin, nous aperçûmes, à travers les trouées d'une haute et épaisse verdure, des plaques horizontales et brillantes, d'un rouge tirant sur le jaune de chrôme liquide. Quelques minutes après nous avions en face de nous Preston, et à nos pieds la rivière Rouge. Cette fois du moins, le nom géographique était justifié. — Le Texas était de l'autre côté du fleuve.

Jusqu'ici, mes amis, je vous ai conduit, bien que par un récit très-sommaire, le long de notre route, parce qu'il me paraissait utile de vous faire assister à la succession de mes impressions, et au développement des idées qui touchent aux conclusions où nous arriverons plus tard. Maintenant que nous sommes au Texas, l'ordre de route devient inutile et ralentirait trop ce Rapport. Il vaut donc mieux masser les résultats et vous donner par chapitres la substance d'une exploration qui a duré du 27 mai au 10 juillet.

Pendant ces six semaines, nous avons visité les régions situées sous la rivière Rouge, aux environs de la Trinité et du Brazos; nous sommes descendus au Sud sur le Colorado que nous rencontrions à Austin-City; puis, marchant au sud-est et repassant le Brazos, nous retrouvions, dans la baie de Galveston où nous arrivâmes par le San-Jacynto, les eaux de la Trinité, mêlées aux flots bleus et diaphanes qui caractérisent si remarquablement la mer du golfe et le grand courant (Gulf-stream) qui s'en échappe par le détroit de Bahama. —J'aurai complété le sommaire de mon voyage, en ajoutant que, retenu quinze jours à la Nouvelle-Orléans par la fièvre jaune qui venait d'y éclater quand nous arrivâmes, je suis rentré le 5 août à New-York, après avoir touché à la Havane. Le 29 août, je débarquais à Ostende, neuf mois après être parti d'Anvers. — Cela dit, occupons-nous du Texas.

DEUXIÈME PARTIE.

Au Texas.

I

La superficie de l'État du Texas est , à peu près , la même que celle de la France. Elle est de **200,000** milles carrés, soit environ **52** millions d'hectares (1). Cet État s'étend sur le golfe du Mexique, depuis l'embouchure du *Rio-grande-del-norte* jusqu'à celle de la Sabine. A l'ouest, une chaîne des Rocheuses le sépare du Nouveau-Mexique. La rivière Rouge fait sa frontière au nord et au nord-est.

Les régions qui bordent le golfe ne forment qu'une immense plaine basse. Ce sont des terrains d'alluvion à peine dégagés des eaux. Sauf la magnifique végétation qui les recouvre, ils sembleraient un simple prolongement de la mer. Des baies, des lagunes, des îles de sable s'allongeant parallèlement à la mer, marquent les limites des deux éléments.

A partir de cette longue bande maritime et horizontale, de quinze à trente lieues de large, le pays tout entier se relève graduellement sur un plan incliné qui monte du sud-est au nord-ouest, atteignant au nord des plateaux élevés, et s'ap-

---

(1) Le mille américain est de 1,609 mètres; la lieue carrée, de 1600 hectares, contient donc à peu près 6 milles carrés.

puyant (à l'ouest) sur les premiers contreforts des Alpes
mexicaines ou monts Guadalupe.

Nulle contrée n'est plus heureusement ni plus régulièrc-
ment arrosée que le Texas. L'inspection de ses cours d'eau,
sur une carte un peu détaillée, fait comprendre d'un coup
d'œil la configuration générale que je viens d'esquisser. Les
rivières principales descendent toutes, en effet, presque parallèlement entre elles, du nord-ouest au sud-est, et accusent
ainsi l'ouverture des grandes vallées dans cette direction
commune; tandis que la multitude des rameaux et des branches tracés par leurs tributaires, indiquent à leur tour les
pentes transversales des ondulations qui accidentent ces vallées dans leur descente à la mer.

A mesure que l'on s'éloigne des plaines basses, les soulè-
vements du sol qui séparent les grandes vallées se relèvent,
et celles-ci se creusent davantage quoique restant toujours
très-large ouvertes. Dès qu'on a quitté la zone inférieure, on
ne rencontre plus de plaines proprement dites : la surface
du sol ondule à la manière des grandes vagues de l'océan,
après un gros temps, quand le vent est tombé. Il va sans dire
que cette comparaison s'applique à la forme et non aux dimensions. A la hauteur des sources de la Trinité, sous la
rivière Rouge, l'élévation moyenne du pays est déjà, nous
a-t-on assuré, de 800 à 900 mètres au-dessus du niveau de
la mer. Je ne sais si cette mesure n'est pas un peu exagérée.

On appelle *Cross-Timbers* une immense forêt qui s'étend
sur des contrées peu connues au nord-est de la rivière Rouge.
Elle traverse le fleuve, et plusieurs de ses branches descendent au sud-ouest du côté du Mexique, en recouvrant plus
généralement, nous a-t-il paru, les sommets de soulève-
ment qui séparent les bassins. Les prairies ondulantes (*Rol-
ling prairies*), renfermées entre ces branches, sont partagées
dans leur longueur par des lignes de bois qui suivent sans
interruption les rivières, et coupées transversalement par
d'autres lignes, celles-ci secondaires, qui bordent le cours

des affluents, et accompagnent toujours les plus petits ruisseaux eux-mêmes. La végétation forestière des hauteurs est
très-distincte de celle des bottoms. Cette dernière emprunte
à la richesse supérieure du sol des vallées et au voisinage des
cours d'eau, une énergie et un luxe que nous ne connaissions guère en Europe. L'autre, assise sur un sol plus sec et
quelquefois rocailleux, n'est souvent composée que d'une
essence de chênes très-durs (*post-oak*) à travers lesquels on
peut ordinairement pénétrer à cheval sans trop de difficulté.
Chaque année ces parties de bois sont nettoyées par l'incendie qui brûle les jeunes pousses des autres essences : le
post-oak à peu près seul a le privilége de résister. Au voisinage des eaux la forêt ne se laisse pas volontiers entamer
par le feu, et les essences les plus variées y croissent pêle-
mêle en toute exubérance.

Je ne sais quelle idée étrange je m'étais faite de la *prairie*.
Je m'attendais à quelque chose d'inconnu, de sauvage, à des
herbes rudes, d'une hauteur démesurée, que sais-je? Je
vous ai déjà dit combien gracieusement j'avais été désabusé
aux premiers échantillons que nous en avions rencontrés sur
le Territoire indien. La prairie ne se présente pas toujours,
au Texas, avec des accessoires aussi pittoresques, elle est
même souvent très-monotone dans la région moyenne, mais
c'est le même genre de prairie. Seulement, le sol du Texas
étant d'une richesse supérieure, elle offre presque partout
des pâturages de premier ordre. Elle abonde en graminées
de toutes sortes. Nous avons rencontré des espaces considérables exclusivement occupés par du blé sauvage, par de l'orge
ou par de l'avoine, sauvages aussi, mais qui n'en avaient
pas moins toute l'apparence de champs cultivés. Les tiges
étaient aussi serrées et les épis aussi grands que ceux de nos
guérets de moyenne venue. J'ai perdu, au retour, les échantillons que j'en avais recueillis.

Les terrains de prairies sont donc généralement d'une
haute fertilité, et, ainsi que je le disais tout à l'heure, cha-

que année, quand les grandes herbes ont été desséchées par
l'hiver, l'incendie les visite, allumé par mille causes, et y
promène ses immenses nappes de flamme et de fumée, lan-
cées quelquefois dans la plaine plus vite qu'un cheval au
galop.

L'incendie est l'allié de la prairie dans le combat éternel
des deux végétations. Sans lui la prairie serait envahie par
la forêt. On voit celle-ci gagner du terrain là où l'arrivée
des populations agricoles, régularisant l'incendie, le gou-
verne de manière à favoriser l'extension du bois.

Vous connaissez la configuration générale du pays et les
trois principales formes de végétation qui se le partagent
dans les régions moyennes et supérieures, où les prairies ondulantes se montrent enclavées entre les branches des forêts
de post-oak, et coupées par les nombreuses lignes de bois
qui bordent les cours d'eau sur des largeurs plus ou moins
considérables. Joignez-y, vers l'ouest, la région de plus en
plus accidentée des montagnes, et vous aurez l'ensemble des
aspects que le Texas nous a offerts avant la rencontre des
plaines du sud et de leur végétation quasi-tropicale. Nous
n'avons fait que longer la contrée où commence le système
des pics et des montagnes proprement dites; nous n'en
avons pas moins reconnu, sur les lisières, des pays très-
riches, très-pittoresques et encore absolument déserts. Les
tribus indiennes en ont été récemment éloignées; les blancs
n'y sont pas encore. Pendant les onze premiers jours de
l'exploration que nous en fîmes avec un détachement de la
petite garnison du fort Worth, nous n'avons pas aperçu trace
d'habitation ni rencontré figure humaine. Des troupeaux de
dindons sauvages, d'antilopes et de daims sont actuellement les seuls propriétaires de ces lieux, et nous n'eûmes
pas à nous plaindre d'eux : ils nous fournirent abondamment
une excellente nourriture.

Nous ne fûmes pas longtemps au Texas sans être rassu-

rés à l'endroit des craintes dont nous avions peine à nous
défaire sur le Territoire indien. Loin d'être inférieur à celui-
ci au point de vue d'une grande colonisation, le Texas est
manifestement préférable. Nos yeux, nos informations et
l'étude des ressources du pays ne tardèrent pas à nous en
convaincre. — Vous serez bientôt édifiés sur ce sujet, car
nous allons nous occuper, exclusivement maintenant, des
données naturelles et des faits économiques et sociaux qui
constituent l'*état actuel des choses au Texas*. Parlons d'a-
bord du sol.

II

Les témoignages antérieurs ne nous avaient pas trompés.
Le Territoire indien, malgré les preuves de fertilité qu'il
nous avait souvent offertes, ne peut lutter sous ce rapport
avec les grandes vallées du Texas. Il est acquis d'ailleurs
qu'aucun des trente-deux États de l'Union ne présente une
proportion, aussi considérable que celui-ci, de terres de haute
fertilité (1). Encore dois-je dire que les terres réputées de
moindre fertilité, au Texas, sont souvent, si vous voulez me
passer l'expression, des terres *incomprises*. Ce sont pour la
plupart, en effet, d'excellents terrains vignobles. Les Américains, qui jusqu'ici n'entendent absolument rien à la culture de la vigne, et qui l'ont à peine ébauchée dans des
terres grasses et fortes de l'Ouest, ne savent pas que les bons
vignobles réclament des pentes plus ou moins pierreuses, et
n'ont que du mépris pour tout ce qui ne convient pas aux
céréales, au coton ou à la canne à sucre.

Cependant, sur ces parties de terre réputées mauvaises,
la nature a écrit ses intentions. Nous y avons rencontré, en
grande abondance, une vigne de très-bon augure, assez

---

(1) Voir la notice de M. Goodrich, sur le Texas, à la fin du Mémoire.

basse, et beaucoup moins emportée en bois et en feuillage
que l'espèce qui garnit les bottoms. Cette dernière lance de
toutes parts des branches gigantesques, et grimpe au sommet
des plus grands arbres, balançant de l'un à l'autre ses pampres et ses grappes noires. Nous avons cueilli sur ces lianes
des raisins déjà mûrs en juin. Tout sauvages qu'ils sont,
les grains, peu serrés, atteignent la grosseur d'une cerise
moyenne et sont mangeables. Un de nos compatriotes établi
à Dallas (qui n'est autre que le brave Gouhénans, le chef de
la première avant-garde icarienne de M. Cabet, dont on
n'avait pas de nouvelles, et que nous avons découvert, c'est
le mot, à la jonction des fourches de la Trinité), a commencé, l'année dernière, à en recueillir pour les presser. Le
vin qu'il a obtenu lui a été enlevé, au sortir du pressoir, à
un dollar (5 fr.) la bouteille, bien qu'il provînt de ces vignes
des fonds, de la grande espèce, et que je tienne pour très-
probable que l'autre est d'une qualité supérieure. — Quoi
qu'il en soit, je regarde comme hors de doute que l'on
pourra créer, sur les pentes pierreuses du haut pays, des
vignobles de premier ordre. Voilà pour les *mauvaises
terres.*

Quant aux sols arables et d'alluvion, qui couvrent les plus
grands espaces et remplissent les vallées, on les divise, dans
le haut pays, en quatre classes : le *black sandy* ou sable
noir; le *red sandy*, sable rouge; le *mulatto*, mélange des
deux premiers; et le *black sticky*, terres noires, grasses et
fortes qu'on rencontre généralement dans les parties dépri-
mées de la prairie ou dans les bottoms des cours d'eau. Toutes quatre sont d'une grande fécondité. La dernière, le
black sticky, plus riche encore que les trois autres et plus
appropriée à la culture du coton, est d'un travail moins
facile.

Pour les trois premières classes, et quelquefois aussi pour
la dernière, le défrichement consiste en un simple labour.
On met la charrue sur la prairie, et la terre étant restée

quelque temps ouverte à l'action de l'atmosphère, on sème
du maïs et l'on donne un coup de herse. Sur ce premier labour, le maïs s'élève de 2 mètres à 5 mètres et demi de
hauteur, et donne une récolte considérable.

Après cette première opération le défrichement est fait,
c'est-à-dire que la prairie est devenue un champ sur lequel
la charrue se promène très-aisément désormais, et où tout
ce que l'on voudra semer viendra à souhait. Le blé rend 25,
50, 40 et jusqu'à 45 grains pour un. Nous avons vu, sur
des défrichements de deux ans, et sur un terrain qui n'était
pas de première qualité pour le pays, des betteraves dont quelques-unes atteignaient jusqu'à 82 centimètres de circon-
férence. Je proposais en riant à Br. d'en rapporter une, à
l'instar des deux émissaires hébreux qu'on représente, dans
les gravures bibliques, chargés de la fameuse grappe de raisin coupée par eux dans la Terre promise.

Maintenant, notez ceci, de telles récoltes s'obtiennent par
un labeur des plus faciles et sans fumier.

Le fumier, qui est la grande affaire de nos cultures européennes, auquel elles sont subordonnées, et qui, tout en
doublant le travail, les commande et les limite, est parfaitement inconnu là-bas. Vous parleriez de fumer les terres aux
settlers du Texas, que la plupart d'entre eux ne compren-
draient pas même ce que vous entendez par ces paroles. Pour
longtemps, la nature a pourvu ici à l'engrais du sol. La couche d'humus mesure quelquefois jusqu'à cinq mètres de profondeur dans les bottoms, et, là même où l'humus paraît
manquer, telle est la richesse des éléments minéraux dont
ces sols d'alluvion se composent, que la végétation s'y montre
encore extrêmement active et vigoureuse. Au reste, je cons-
tate les faits tels que je les ai vus, et ne me charge pas
toujours de les expliquer.

Vous savez maintenant avec quelle facilité la prairie se
transforme en champ et se prête à l'improvisation de la
grande culture. Les jardins ne se font pas moins aisé-

ment. C'est l'affaire de quelques mois pour en obtenir de superbes.

Nous avons vu au fort Worth et au fort Graham des parties de prairies, des moins bonnes, choisies uniquement parce qu'elles touchaient aux habitations, qui, après avoir été retournées par les soldats, avaient bientôt après produit les plus beaux jardinages.

Tous nos légumes d'Europe, même les plus délicats, y croissent à côté de ceux des contrées méridionales. Les haricots de toutes sortes, les petits pois, les melons, les patates douces, et vingt autres espèces de plantes comestibles que nous ne connaissions pas toutes, y réussissent parfaitement. Les tomates, dont on fait une consommation énorme en Amérique, lançaient des jets de 4 à 6 mètres de long. Et tout cela venait sans arrosage, sans sarclage, sans soins d'aucune sorte! Nous n'y pouvions pas croire.

Il était en effet assez naturel de penser que dans un tel terrain, et au voisinage de la prairie, on devait avoir fort affaire aux mauvaises herbes. Qu'on l'explique comme on voudra, une fois le jardin fait, les mauvaises herbes le respectent. C'était en juin; on n'avait pas arraché une herbe dans les grands jardins des forts; ils n'en étaient pas moins très-propres. — Si je ne parlais pas à des amis qui me connaissent, il est des choses que je devrais me garder de dire; elles ont l'air de contes. Mais nous avons vu ce que je rapporte, et non-seulement nous avons vu, mais encore nous avons recueilli sur chaque sujet des informations nombreuses. Nous reproduisions cent fois les mêmes interrogations; nous les adressions à toutes sortes de monde, à des cultivateurs établis dans le pays, à des soldats qui n'y étaient que campés, à leurs officiers, à des trafiquants ambulants, à des voyageurs, quelquefois à des Indiens. Nous n'avons rien négligé pour arriver à la réalité dans tous les ordres.

Les moissons sont finies au 25 mai; quand elles vont jusqu'aux premiers jours de juin, c'est une année retardée. —

Vous faites deux récoltes, disions-nous aux gens de la campagne. — On le pourrait aisément, nous répondaient-ils, mais nous avons abondamment avec une seule, et ne nous donnons pas la peine d'en préparer une seconde.

Je pense en avoir dit assez sur les qualités du sol et les conditions générales de l'agriculture. De tels traits suffisent; des détails plus circonstanciés n'ajouteraient rien. Consignons seulement que les terres sont toujours profondes et de nature sédimenteuse dans les grandes vallées, et les roches, sur les flancs de celles-ci, le plus souvent calcaires; quelquefois, cependant, on rencontre le grès.

Nous avons trouvé la houille à fleur de roc dans le Territoire indien, et à fleur de terre dans le haut Texas. Le fer abonde, les débris coquilliers pélagiques se montrent souvent en quantités considérables. On trouve des cornes d'ammon gigantesques, des bélemnites, des polypiers, etc. Les régions de l'Ouest passent pour renfermer de riches gisements métalliques de différentes sortes. J'ai reconnu, sur notre passage, des bancs de plâtre semblable à celui des carrières de Paris. Des bassins entiers reposent, d'ailleurs, sur une couche de marne très-alumineuse, très-tendre au sortir de terre, qui se laisse facilement scier ou couper au couteau, et durcit promptement à l'air : on en fait un usage peu dispendieux.

J'avais pris différents échantillons de terres de prairies pour les faire analyser; je regrette de les avoir perdus : je suis sûr qu'on leur eût trouvé une composition très-variée ; mais j'ai vu ces terres à l'œuvre, et quelle qu'en puisse être la nature chimique, une chose est certaine, c'est qu'elles accomplissent on ne peut mieux leur grande fonction productive et nourricière. — Occupons-nous maintenant du climat.

III

La fertilité d'un pays, quelque puissante qu'elle soit, est une faculté dont on calcule les résultats, dont on admire les produits; un agronome de profession peut même la décrire avec enthousiasme : je me suis contenté de vous donner la notion de celle du Texas par des faits déterminés et décisifs.

Mais un climat, c'est autre chose; on en souffre ou l'on en jouit directement; et si les jouissances qu'il prodigue s'élèvent à la hauteur d'une véritable poésie, s'il multiplie la vie, s'il devient un bonheur, il peut être difficile d'en parler sans exaltation. Aussi dois-je vous prévenir, en abordant ce chapitre, que je ne sais pas encore si je pourrai l'écrire aussi didactiquement que je le désirerais; essayons pourtant.

Les régions dont je parle plus spécialement sont situées aux environs des 55° et 54° degrés de latitude nord. Ces latitudes sont, comme on sait, les plus favorisées du monde. C'est la hauteur de Madère. Elles ne sont généralement pas sujettes aux extrêmes de température des parallèles plus rapprochés du pôle ou de l'équateur, tandis que, réunissant les facultés des zônes entre lesquelles elles forment transition, elles en cumulent les productions et les avantages. Ici, toutefois, les données générales de la latitude sont modifiées par plusieurs grandes causes locales, dont les plus efficientes sont la température spécifique du continent américain; la hauteur du sol, et le système des courants atmosphériques. Ces trois causes se marient avec la latitude dans une telle proportion qu'elles élèvent le climat à une perfection voisine de l'idéal. Vous allez le comprendre facilement.

Sous les parallèles du 55° et du 54° degrés, dans l'ancien monde, les étés seraient déjà souvent trop chauds pour des populations venant du nord, surtout aux débuts de l'ins-

tallation. Mais chacun sait que la température du nouveau
continent est considérablement moins élevée que celle de
l'ancien, à égalité de latitude. Ceci est la règle générale. Les
hivers de New-York, situé à la hauteur de Naples, sont plus
longs et plus rudes que ceux de Paris, et les chaleurs tro-
picales de l'Amérique se montrent incomparablement moins
fortes que leurs correspondantes africaines.

On estime à 6°, en moyenne, la différence des températures
à égalité de latitudes.

Le vent *régnant* au Texas est celui du sud. Il souffle du
golfe du Mexique. Tous les matins entre 7 et 9 heures, la
brise se lève et se maintient pleine jusqu'à 5 ou 4 heures
de l'après-midi. Ordinairement, comme l'indique l'expression de vent régnant, c'est du sud que la brise arrive; quelquefois elle vient du nord, très-exceptionnellement de l'est
ou de l'ouest.

Quant à la hauteur du sol, incliné du côté du golfe comme
pour en recevoir en plein les brises, elle atteint, aux environs des fourches de la Trinité, de 800 à 900 mètres, peut-
être un peu moins, au-dessus du niveau de la mer.

Il vous est aisé maintenant de comprendre la magnificence
du climat résultant de la rencontre des cinq grandes conditions mentionnées, à savoir : la latitude, la spécificité de
température de l'Amérique, la brise constante du sud ou du
nord, la hauteur de la région, et enfin l'ouverture de ses
grandes vallées inclinées au sud-est, direction plus favorable
encore que ne le serait celle de l'exacte méridienne, en ce
qu'elle permet de ménager, à certaines cultures des pays
chauds, des abris faciles contre le vent du nord en hiver.

La latitude est assez basse pour défendre la contrée contre
les atteintes d'un hiver rigoureux : les sensitives, les cactus,
les mimosas et beaucoup de plantes de nos serres tempérées
croissent spontanément dans les prairies.

La hauteur du sol et la moindre chaleur relative du continent américain, le soustraient, au contraire, aux ardeurs d'un

été trop chaud : toutes nos cultures européennes, comme je l'ai dit, y réussissent à merveille.

Mais ce que je ne saurais décrire, ce que je renonce à faire bien comprendre, car il faut l'avoir éprouvé, senti, respiré pour en concevoir le caractère, c'est la douceur et la force, la bienfaisance, la salubrité et le charme des brises à la fois toniques et veloutées du sud. La grande brise du golfe est, je ne crains pas de m'exprimer ainsi, la couronne de tous les bienfaits que la nature semble s'être plu à réunir sur le haut Texas. C'est elle qui achève de tempérer, pour le séjour de l'homme, ces vallées et ces plateaux dont la hauteur a commencé la protection contre les ardeurs caniculaires; c'est elle qui ne permet pas à la légère couche de glace que le vent du nord et la sérénité de la nuit étendent, par leur coïncidence en hiver, sur les eaux tranquilles, de durer jamais plus de trois jours; c'est elle qui y sème les trois mois de l'hiver de soixante journées semblables à nos plus belles du mois de mai; c'est elle qui apporte toute l'année des pluies ordinairement équilibrées et réparties comme pour un arrosage à commande des campagnes et des cultures; qui conserve fortes et vivantes les herbes des prairies jusque vers la fin de novembre; qui entretient la circulation dans le superbe système d'irrigation dont le Texas est doté; c'est elle enfin qui permet à l'homme du nord de chevaucher, en plein midi, sous les soleils verticaux de juin et de juillet, sans éprouver une chaleur incommodante.

Voici au reste comment l'année se comporte. La saison d'hiver commence dans la dernière moitié de novembre. Les feuilles jaunissent et tombent sous l'atteinte des *northerns*, ou brises du nord, qui commencent à devenir froides. Cette brise peut durer un jour ou deux, jamais plus de trois. Quand la nuit a amené de la neige, il est rare que celle-ci n'ait pas disparu le lendemain à 11 heures ou midi. Bref, on évalue à une trentaine, pendant les trois mois d'hiver, les journées froides, dévolues aux northerns. Les soixante qui restent à la brise du golfe, pendant la *mauvaise saison*, sont, je viens de le dire, charmantes. Il faut seulement veiller à ne pas se laisser surprendre par le northern en habits légers : les transitions brusques sont partout dangereuses.

En somme, l'hiver du haut Texas est une saison tonique, fortifiante, qui retrempe l'homme et les végétaux, qui permet de récolter de la glace pour l'époque des chaleurs (les Américains en font partout un grand usage), et qui invite, les deux tiers de sa durée, à porter des vêtements d'été. Le major qui commandait au fort Worth nous disait que cet hiver du Texas est une saison si peu redoutable, qu'il faisait à cette époque des expéditions de 15 jours, quelquefois d'un mois, dans la prairie ou la forêt, sans inconvénient sérieux, et que souvent ses hommes et lui ne se donnaient pas même la peine de dresser les tentes pour la nuit.

Vers la seconde moitié de février, la végétation se remet en marche. Dès les premiers jours de mars elle est partie pour ne plus s'arrêter. Au 25 mai, nous l'avons vu déjà, les moissons sont faites. Sur la fin de juin, nous cueillions dans les bois une sorte de belles prunes sauvages à maturité, et des raisins déjà bons à manger. A cette époque, les cotons étaient en fleurs, on coupait des melons d'eau, et les jeunes épis de blé de Turquie, bouillis ou rôtis, se servaient sur les tables. En juin et juillet, le soleil était sur nos têtes, à dix degrés du zénith, c'est-à-dire sensiblement vertical. L'ombre de mon chapeau de paille, à midi, me couvrait jusqu'aux pieds. Tant que nous sommes restés dans le haut Texas, néanmoins, nous n'avons pas souffert des chaleurs, et je les ai trouvées bien plus fortes à la Nouvelle-Orléans et à New-York.

Le Texas est peuplé de *settlers* venus de toutes les parties de l'Union, surtout des États voisins, de l'Ouest et du Sud; nous en avons rencontré toutefois d'originaires du Nord. Les soldats de l'Union appartiennent à tous les pays: dans les forts, nous trouvions des Anglais, des Français, des Irlandais, des Espagnols, et même des Russes et des Suédois; des Euro-

péens enfin en grande proportion. Hé bien! tandis que dans
tous les pays que j'ai eu occasion de parcourir, en Amérique
aussi bien qu'en Europe, j'ai toujours entendu des doléances
universelles sur *le climat du lieu*, ici, malgré l'extrême diversité des races et des origines, nous n'avons, je l'atteste,
recueilli qu'un concert de louanges, un accord parfait; pas
une plainte, pas un regret, pas un discord même excep-
tionnel. « C'est le meilleur pays et le plus beau climat du
monde! » Telle était l'exclamation en quelque sorte stéréo-
typée qui répondait invariablement à toutes nos interrogations, quels que fussent ceux à qui nous les adressions. « The
finest contry of all the United States! the finest climate in
the world! »

Mais comment décrire les soirées et les nuits d'été de ces
contrées bénies? Quelle suavité! quel bien-être on respire!
quelle bienfaisante poésie répandue dans l'atmosphère!
quelles douces et charmantes harmonies de l'air, de la température, de la terre et du ciel! Ces heures charmantes, si
rares dans nos pays, qui provoquent dans les populations entières, quand elles couronnent un beau jour d'été, l'expression spontanée et collective du ravissement des sens et de
l'âme; ces nuits que nos poëtes vont chercher, pour les comprendre et les chanter, sur les flots du golfe de Naples ou de
l'Adriatique, le coucher du soleil en donne là, les deux tiers
de l'année, le signal tous les soirs.

Bref, en hiver, trente journées d'un froid qui n'est pas le
froid rigoureux de nos pays; en été, quelques rares journées
où l'indétermination du vent entre le nord et le sud, laisse
un moment la victoire au soleil : tel est, somme toute, le
compte de l'exception à la perfection climatérique de ces
heureuses contrées. Encore faut-il remarquer que ces trente
journées froides, si elles demandent quelques précautions
aux individus et réclament des vêtements d'hiver ou l'abri
de l'intérieur, sont un bienfait pour la population, surtout si
celle-ci vient du Nord.

Quoi qu'en disent plusieurs notices, erronées à cet égard, on ne connaît pas, au Texas, ce que l'on appelle, dans la plupart des pays tropicaux, la saison des pluies. Les pluies, je l'ai déjà exprimé, se répartissent et s'équilibrent généralement sur l'année tout entière. Il tombe de l'eau par intervalles de six à douze jours, le plus communément, et la pluie ne dure pas longtemps. Il se rencontre quelquefois cependant des étés secs, desquels la culture, malgré l'état d'extrême imperfection où elle est encore, ne paraît pas souffrir extrêmement, le sol retenant dans ses profondeurs une humidité constante. Les puits de quinze à vingt pieds sont en effet bien pourvus d'eau en toute saison. Il n'en est pas moins certain qu'une agriculture qui saurait exploiter les facilités que le pays offre à l'établissement des grandes irrigations artificielles, en retirerait des bénéfices énormes. Cela est hors de doute.

Je ne terminerai pas le chapitre du climat sans ajouter deux faits propres à en faire juger, et dont le premier a d'ailleurs, en économie agricole, une importance que vous apprécierez facilement.

Ce premier fait, c'est l'absence totale des abris et des soins réclamés ailleurs pour le bon entretien des animaux domestiques. Les chevaux, les bœufs, les vaches, les cochons errent toute l'année en liberté dans le bois ou dans la prairie. On ne leur prépare nulle part le moindre toit, on ne coupe pas pour l'hiver, à leur intention, une poignée de fourrage. La nature a pourvu à tout, et les races sont superbes. On ne voit qu'en Suisse un bétail aussi beau, on n'en voit de plus propre, de mieux portant et de plus luisant nulle part. On marque les bêtes et on les laisse libres, telle est toute la théorie et toute la pratique de l'élève des animaux. « Vous voyez ces bêtes, nous disaient des settlers, en nous montrant des bœufs magnifiques ; elles ne nous coûtent pas, à élever, ce que nos poulets nous coûtent à garder. Pour empêcher nos volailles de devenir sauvages, et les retenir autour de la maison, il faut

leur donner de temps en temps quelque grain. Nos bœufs
s'engraissent sur la prairie. Quand le troupeau s'est éloigné
à de trop grandes distances, un enfant monte à cheval et le
rapproche. Le ramener de temps en temps et marquer les
jeunes, nous n'avons pas, avec notre bétail, d'autres ¡peines
et d'autres dépenses. »

Le second fait se rapporte à l'habitation de l'homme lui-
même. Lorsqu'un nouveau colon vient s'établir, les settlers
voisins (les voisins sont à 6, 8, 10 ou 15 milles au plus près)
lui font demander quel jour il aura coupé ses bois de construction. Jusque-là, il campe avec sa famille en plein air ou
dans son wagon. Au jour dit, les voisins arrivent à cheval,
apportant leurs haches et des vivres. Le nouveau venu fait
connaître son plan, et le soir son habitation est construite.
Ce sont des barraques en troncs d'arbres longitudinalement
juxtaposés, semblables à celles des coupeurs dans nos forêts.
Chaque nouveau colon ne considère une telle habitation que
comme provisoire. Hé bien ! telle est la clémence du ciel et
la douceur du climat, qu'il ne songe bientôt plus à s'en donner une plus confortable. L'abri élevé suffit à la famille, et
jusqu'à ce que le point occupé soit devenu, si telle est sa
destinée, le noyau d'une ville naissante, le provisoire reste
définitif. Ceci, au reste, doit déjà vous faire pressentir un
fait, de très-haute valeur, aussi ; je veux parler de la facilité
avec laquelle on peut construire, dans de pareilles conditions
climatologiques, des habitations très-convenables. Une scie-
rie mécanique, des clous, des marteaux, de la peinture et
des bras ; il n'en faut pas plus pour improviser ces habitations élégantes et légères qu'on rencontre dans toute l'Amérique, mais qui sont, de beaucoup, plus appropriées et plus
confortables au Texas que dans les régions du Nord. Nous
y reviendrons. Abordons un autre sujet.

IV

La question qui a le plus vivement excité notre sollicitude et provoqué de notre part les observations et les informations les plus multipliées, est celle de la salubrité. Nous avons acquis, sur ce point capital, des notions très-exactes. Elles se résument dans une formule qui, une fois reconnue, ne nous a jamais trompés, et que voici :

Toutes les parties exposées aux vents régnants, tous les plateaux et toutes les vallées ouvertes sont d'une parfaite salubrité. Les fonds humides, marécageux, entourés de bois et fermés aux brises, sont plus ou moins fiévreux en été.

Voilà la règle.

Elle est si exacte, qu'à l'inspection d'un settlement, nous savions d'avance si la fièvre était ou non autorisée à s'y montrer.

Les settlers sont souvent d'une imprudence ou d'une ignorance que rien n'égale. Nous en avons rencontré, qui semblaient avoir recherché, pour leur habitation, la réunion de conditions qu'en aucun pays on n'affronterait sans périls. Hé bien ! ces fièvres, en dehors des domaines privés desquels il est si facile de s'établir, sont encore peu redoutables dans le haut pays. Un traitement aisé et bien connu en vient facilement à bout.

On peut affirmer qu'une fois qu'on s'élève au-dessus des plaines, humides quoique rarement marécageuses, du voisinage de la mer, aucune contrée, même dans les pays faits, n'est plus saine que le Texas. On n'y connaît que des maladies directement et, en quelque sorte, volontairement provoquées, la fièvre dans les circonstances que je viens de dire, et les affections dues à des transpirations imprudemment arrêtées dans la saison d'hiver, la seule où les northerns soient à craindre. Quand on a été témoin de l'in-

curie de la plupart des pauvres settlers qui viennent peupler
le pays, quand on a vu leurs habitations ouvertes au vent
et à la pluie, quand on sait ce que sont leur nourriture,
leur régime, et à quoi ils s'exposent, il y aurait grandement
lieu de s'étonner de la santé dont ils jouissent, si le climat,
la hauteur de la contrée et sa magnifique aération n'étaient
là pour en rendre compte.

Nous avons consulté, dans les forts, les registres des hôpitaux, interrogé les médecins, les officiers et les soldats; les
témoignages et les faits étaient d'accords. La salubrité du
pays est à la hauteur de sa fertilité et de son climat. La vie
des soldats dans les forts n'est certes pas très-hygiénique :
des temps d'oisiveté et d'ennuis brusquement interrompus
par des expéditions de trois ou quatre semaines dans les
prairies et les bois, surtout dans les bois; des bivouacs en
toute saison dans la forêt vierge et près des eaux, — on en
cherche toujours pour camper; une nourriture moins soi-
gnée que dans les garnisons plus voisines des centres de
population : ces conditions ne sont pas des meilleures, et
cependant il résulte officiellement, nous disaient les chirur-
giens militaires, de la comparaison des registres très-bien
tenus, des hôpitaux, que nulle part dans tous les États-
Unis, la santé des soldats n'égale celle dont ils jouissent
dans les forts du haut Texas.

Dès qu'on aura réalisé dans ces régions quelques éléments
de vie sociale et d'un confort qu'il est si aisé d'y créer, on y
viendra de toutes les parties de l'Union chercher la santé,
comme on va la demander en Europe, aux îles d'Yères, au
ciel de Nice ou de certaines parties de l'Italie.

V

Je vous ai donné une idée abrégée, sans doute, mais fidèle, de la configuration, de la fertilité, du climat et de la salubrité du pays dont nous nous occupons.

Ayant achevé ce tableau, j'éprouve presque un regret de n'avoir pu mêler plus d'ombres à sa lumière. Il est difficile de ne pas soupçonner l'illusion lorsqu'on ne voit aucun inconvénient sérieux à côté d'une telle réunion de circonstances heureuses. Ce n'est pourtant pas notre faute. Br. et moi nous nous sommes efforcés, je peux le dire, d'étudier le revers de la médaille; nous avons cherché avec le plus grand soin l'ennemi caché, s'il en était un, sur ce théâtre. Nous n'avons rien pu constater de sérieux en dehors de ce que je vous ai décrit. Les mousquites, qui sont un désagrément réel sur beaucoup de plages du Sud, ne sont rien dans le haut Texas : nous n'y en avons pas vu, en juin, autant qu'on en voit souvent dans les chaleurs à Paris, tandis que j'en ai été vraiment tourmenté pendant mon séjour à la Nouvelle-Orléans. Nos chevaux n'ont eu à souffrir des taons que pendant trente-six heures sur la fin de mai, dans les clairières des Cross-timbers. Les serpents à sonnettes, comme les bandes des *petits chiens de prairie* dont ils mangent les jeunes, comme les grands troupeaux de buffalos, fuient rapidement devant les établissements et la culture. Les cochons en nettoyent promptement une localité. Ils sont beaucoup moins communs au Texas qu'ils ne l'étaient dans les États de l'Est et du Nord avant le peuplement de ceux-ci. Nous avons vu moins de serpents à sonnettes dans tout notre voyage que Br. n'en rencontrait en une matinée, dans son adolescence, sur les bords du Niagara. Absence complète de bêtes féroces proprement dites. Les loups prennent quelquefois un mouton ou un petit cochon;

ils n'attaquent jamais, comme il arrive souvent, même en France, les chevaux ni le bétail. Les ours sont recherchés pour leur fourrure et pour une partie de leur chair. Les prairies et les bois foisonnent d'excellent gibier. Il est impossible enfin de rencontrer une nature plus amie, et en somme, le seul défaut que nous lui ayons trouvé et qui est commun à toute l'Amérique, c'est une assez grande abondance de fourmis : elles attaquent les jardins et leur nuiraient si on ne leur faisait la guerre. Elles se réunissent en grandes fourmilières qu'il est aisé de détruire.

Je suppose que les incendies annuels de la prairie sont pour beaucoup dans la rareté des serpents; et les brises, dans celle des insectes nuisibles. Le mot d'insecte me rappelle que nous avons rencontré beaucoup de mûriers et que le pays paraît parfaitement approprié à la culture du ver à soie. Le mûrier, à son tour, me rappelle que parmi les arbres indigènes qui ont attiré notre attention, il faut mentionner des forêts de magnolias grands comme les chênes de nos bois, que je ne pouvais me lasser de contempler et d'admirer. C'est dans le bas pays surtout qu'ils abondent.

Je me résume en disant, sans crainte d'être démenti, que le Texas est la perle des trente-deux États de l'Union; qu'aucun de ceux-ci, du moins sur le versant de l'Atlantique, ne saurait lui être comparé, et que ses hautes vallées constituent l'une des contrées les plus favorisées du monde. Je ne doute pas que des plateaux choisis à des hauteurs convenables dans le Mexique, le Brésil, ou dans les autres États espagnols, n'offrissent des conditions naturelles aussi riches et aussi heureusement mariées; peut-être même, dans quelques points de ces beaux pays, la nature se montrerait-elle plus prodigue encore; mais l'État politique, social et industriel de la plupart d'entre eux, ne permet à aucune entreprise qui veut marcher d'un pas sûr et rapide dans une voie de grande prospérité, d'y songer aujourd'hui pour ses établissements. Il faut, jusqu'à nouvel ordre, les tenir pour fermés.

Les grandes données physiques du pays étant esquissées,
il reste à prendre connaissance de ses conditions économiques et sociales. J'en parlerai sans rechercher une méthode
trop raide, en suivant l'ordre où elles viendront sous ma
plume; toutefois, en constatant les faits, j'en indiquerai,
autant que je le pourrai, les raisons et les causes.

VI

Le Texas est un État tout neuf. Durant le premier tiers de
ce siècle il appartenait encore au vaste empire du Mexique.
Son indépendance date de 1836, et sa libre annexion à
l'Union de 1845. Le haut pays, sous l'administration mexicaine, n'était guère encore qu'un magnifique désert. Longtemps, le littoral seul fut occupé par la race espagnole.
Les parties basses, voisines du golfe, et les régions
qui s'étendent à l'est le long des frontières de la Louisiane
et de l'Arkansas, s'étaient peuplées peu à peu d'Anglo-améri-
cains qui, une fois en majorité, secouèrent le joug du
Mexique. Les tribus indigènes errantes et les grands troupeaux de buffalos (bisons), jouissaient sans réserve du parcours des prairies et des forêts de l'intérieur. Ces troupeaux
et ces hordes rétrogradent, les uns et les autres, devant les
cultures. Sur la *West-fork* de la Trinité, nous avons rencontré
les derniers restes de ces tribus en marche sur le Territoire
réservé, parcouru de vastes contrées qu'elles quittaient à
peine, et souvent nos chevaux n'ont pu traverser les ravins
profonds de la forêt qu'après avoir trouvé le passage encore
très-reconnaissable que les bandes de buffalos s'y étaient
frayé. C'est un fait général, au reste, que les plus beaux
pays du continent américain sont encore presque impeuplés
ou tout à fait sauvages.

Le peuplement du Texas a donc procédé du littoral, et de
la frontière orientale par où il touche à la Louisiane et à

l'Arkansas , ce dernier État de formation assez récente lui-même. Appuyée sur ces deux bases, la colonisation remonte les rivières et les vallées ; la direction moyenne de son mouvement est vers le nord-nord-est. Les settlers du Texas viennent presque tous des États voisins : à l'heure qu'il est on le connaît encore très-peu dans les États de l'Est et du Nord.

La zône supérieure de la colonisation se forme dans toute son étendue par une émigration d'origines diverses, mais dont les éléments ont cela d'analogue qu'ils arrivent tous sur le terrain avec rien ou à peu près. Nous en avons interrogé par centaines ; c'était toujours la même histoire : celle de l'allemand Putcher dans le Territoire indien.

L'un était venu avec sa famille, son wagon, deux chevaux et quatre ou cinq dollars ; l'autre n'avait plus qu'une paire de bœufs ; celui-ci rien du tout ; la plus grande partie des origines étaient dans ce prix-là. Nous avons vu cela partout, et partout, au bout de quelques années, ces familles, dénuées naguère, se trouvaient entourées de bœufs, de vaches, de chevaux, de cochons qui leur appartenaient, de champs mûrissant abondamment pour elles le maïs, le blé, les patates, les pommes de terre, etc.; de volailles leur fournissant des œufs, et de jardins quand on s'était donné la peine d'en faire.

Nous avons vu celui qui arrivait avec rien, rien du tout, travaillant chez un settler pour gagner la paire de bœufs et les semences avec quoi il devait, trois mois plus tard, commencer son établissement. Nous avons vu le père de famille déjà âgé, qui, débutant avec une vache, il y a cinq ans, avait nourri jusqu'ici douze enfants, dont l'aîné atteignait à peine seize ans, et deux femmes (les femmes ne font aucun travail des champs en Amérique), sans autre aide que son beau-frère. Un beau bétail, des chevaux, des cultures en plein rapport, étaient les conquêtes de ces cinq années.

Je n'en finirais pas de ces histoires. Un jeune charron français était arrivé, il y avait deux années, sur la haute Trinité, avec un dollar dans la poche pour tout bien; il est maintenant propriétaire du plus bel atelier de Dallas, qu'il a fait construire à ses frais, et d'un capital industriel de six mille francs; il ne travaille souvent que la valeur de trois jours pleins par semaine. Son ami Bourgeois, qu'il était venu rejoindre, français aussi et tailleur, nous disait qu'il gagnait facilement en un jour de travail les dépenses de toute la semaine. Il nous raconta, entre autres choses, chez Gouhenans, avec qui tous deux demeurent, qu'il avait reçu, pour prix de la coupe et de la couture d'un paletot d'été dont on lui avait fourni l'étoffe, une truie prête à mettre bas. Les produits de cette truie, qu'il n'eut qu'à laisser au bois, nourrirent son ménage pendant deux ans; il en vendit à son beau-père; les Indiens, qui étaient encore dans le pays, ne se firent pas faute d'en tuer : et quand il voulut changer de résidence, il réunit son troupeau et le céda à un voisin qui lui en compta 80 dollars, soit 400 fr.

Tout cela peut sembler fabuleux, je le sais. Je répète pourtant que je n'en finirais pas si je voulais raconter tous les faits de ce genre dont nous avons été entourés. Il me deviendrait toutefois difficile de les détailler, car ils se ressemblent tellement, qu'ils commencent à s'homogénéiser et se confondre dans ma mémoire, n'y formant plus que la notion générale d'un état de choses. Nous ne pouvions en croire nos yeux et nos oreilles avant d'avoir résolu nous-mêmes les contradictions qu'offrent ces faits et qui semblent souvent inconciliables. Quand je demandais, par exemple : « Comment se peut-il faire que des bœufs, des chevaux, des cochons, qui ne coûtent absolument rien à élever et à nourrir, conservent cependant de bonnes valeurs vénales? » A cette question, comme à toute autre de même genre, on me répondait : « C'est comme cela. Pourquoi? Nous ne nous inquiétons pas de le savoir? » — L'explication de ces faits économiques, qui nous surprenaient si fort, se trouve dans le jeu de diverses causes : l'arrivée en progression croissante d'une population nouvelle; les communications qui, tout élémentaires qu'elles soient encore, permettent pourtant aux produits de descendre vers les zônes du marché maritime; enfin, l'énorme valeur du travail combiné avec les avantages de la première occupation.

Ces avantages, toujours considérables, souvent prodigieux dans tous les États de l'Union, sont appelés à dépasser au Texas les degrés de la loi commune. Le flot colonisateur, en montant sans cesse, développe une richesse proportionnelle aux puissances naturelles du sol. On gagne rien qu'en se maintenant en place. Au bout de dix ans, les premiers occupants d'un noyau de condensation, arrivés dénués, se trouvent riches, et quelquefois énormément. A Austin, par exemple, les lots de terrains à bâtir, qui étaient à 5 dollars il y a cinq ans, s'obtiennent difficilement aujourd'hui pour 6 mille. On nous citait, entre autres cas, un savetier allemand établi depuis une douzaine d'années dans la localité, dont la fortune, représentée par un zéro à son arrivée, s'élève aujourd'hui déjà à plusieurs millions. Galveston présente, depuis quelques années, des faits peut-être plus extrêmes encore. Ces faits, tout incroyables qu'ils puissent sembler, ne sont que les points saillants de la loi générale de la plus-value qui marche avec le flot de la colonisation, envahit irrésistiblement tous les espaces occupés et monte partout à une hauteur proportionnelle à la densité de la population.

VII

Nous ne saurions, en Europe, nous faire l'idée de la *quantité de mouvement* dont la civilisation américaine est animée, de la rapidité avec laquelle y va le progrès et s'y développe la richesse publique. Cela ressemble à des contes de fées. New-York, en 1850, n'était encore guère qu'une ville de bois dont la population s'élevait à 200 mille âmes. Voyez-y aujourd'hui! New-York comptait déjà 515 mille âmes en 1850. New-York a déjà plus d'une lieue de longueur sur une largeur croissante. New-York contient des avenues entières bordées de véritables palais de beau grès, de granit ou de marbre. *Broad-way*, le grand axe de la ville, est une large rue éblouissante de luxe et de richesses de tous genres. Il y a, tout autour de la baie qui enveloppe la ville, des terres où l'on voyait à peine quelques barraques il y a vingt ans, et sur lesquelles s'étendent des villes populeuses. Brooklyn, l'une d'elles, qui n'avait que 12 mille habitants en 1850, en a aujourd'hui plus de 100 mille, et l'île de Staten, inoccupée à la même époque, se couvre de villas et de maisons de campagne.

Et New-York, et toutes ces villes qui l'entourent, vont si vite, qu'après quelques mois d'absence on ne peut plus reconnaître des rues entières, ni de grands espaces de terrains qu'on avait laissés vagues. Dans ces rues tout est renouvelé; tout est bâti ou en construction sur ces espaces. La ville, à la lettre, s'étend à vue d'œil. Un Français établi à New-York depuis vingt ans, m'a dit avoir chassé aux canards sauvages pendant plusieurs années dans Canal-Street; non-seulement la ville a atteint et débordé cet axe perpendiculaire à la longueur de la ville, mais il cessera bientôt d'occuper une position centrale.

Br. m'a montré à Buffalo un terrain qui lui a été donné, quand il avait 14 ou 15 ans, par un ami de son père. — « Le lot que je vous donne, Albert, lui dit cet ami, n'a pas de valeur aujourd'hui; mais si vous vivez assez longtemps, vous verrez le jour où il vaudra 10 mille dollars. » Telle était la prévision d'un homme qui avait une très-grande foi à la rapidité de la fortune de l'Amérique. Br. n'a pas atteint l'âge auquel pensait alors le donateur. Il a refusé de ce lot 45 mille dollars en ma présence. Buffalo qui

n'avait que quinze cents âmes en 1810 dépassait déjà
40 mille en 1850.

Au reste, voyons d'ensemble. Qu'étaient, il y a deux cents
ans, les espaces occupés par l'Union? D'immenses déserts.
Ces déserts portent à l'heure qu'il est une population de 24
millions d'hommes; le mouvement d'accumulation de la richesse sociale et la multiplication des forces productives de
toute nature y vont à la vapeur. Les États-Unis ont vu leur
population s'accroître de plus de 10 millions d'âmes dans les
vingt dernières années; ils en gagneront au moins 25 millions dans les vingt-cinq années qui commencent. Telle est
la loi régulière de leur croissance (1). Sans doute la société
américaine n'est encore qu'une Civilisation; mais tandis que
nos Civilisations européennes sont des eaux qui croupissent
et se corrompent, la Civilisation américaine est un grand
fleuve qui coule et qui féconde. A parler nos termes, c'est
une Civilisation ascendante, pleine de sève et de vigueur,
qui fait sa fonction en conquérant la nature, en transfor-
mant les déserts, en multipliant et puissancialisant les instruments de travail, et qui s'élance dans la grande carrière
du progrès social de l'humanité, en partant du maximum atteint par la Civilisation européenne et au-dessous duquel
cette dernière a déjà descendu d'une phase et demie.

Mais laissant ces considérations générales et revenant à
notre sujet, nous dirons que ces prodigieux phénomènes
du progrès américain non-seulement s'étendent déjà au
Texas, mais que, sans aucun doute, ils sont appelés à prendre, sur ce champ magnifique, dès qu'il sera mieux connu,
des proportions extraordinaires pour l'Amérique elle-même.
Jamais prévision humaine ne s'est assise sur des données
plus positives.

---

(1) Voici les chiffres exacts et la loi de l'accroissement.

Population des États-Unis.

Années.	1790	1800	1810	1820	1830	1840	1850
Pop.	3 929 827	5 305 941	7 239 814	9 638 191	12 866 020	17 069 453	23 263 488

Et cependant déjà, sans évoquer un avenir qui marche à grands pas, dont le mouvement est aussi visible et aussi certain que celui du soleil , les conditions présentes offrent des bases de prospérité, du caractère desquelles vous jugerez facilement. Il suffit, en effet, pour se faire l'idée de la largeur et de la solidité de ces bases , de réfléchir aux moyens par lesquels l'aisance se forme et la richesse se dégage actuellement sur ce théâtre. C'est à peine si ce que je vous ai dit plus haut peut vous faire concevoir la pauvreté universelle et la faiblesse extrême de ces moyens. La prodigalité de la nature fait, au Texas, les dix-neuf vingtièmes de ce que l'homme doit tirer de son travail, de son industrie et de sa science en Europe.

Qu'est-ce que cette armée qui, cependant, conquiert si rapidement au Texas? Une masse pauvre , dénuée, éparpillée et généralement aussi ignorante que privée de toutes ressources. Capitaux , instruments de travail , connaissances, relations, tout manque aux settlers. Ils s'établissent à 5 , 10 , 15 et 20 mille les uns des autres, et restent sans liens , sans secours réciproques si ce n'est ceux qu'ils se portent dans certaines circonstances tout exceptionnelles, et privés de tous les avantages que la division du travail assure à des populations plus denses. Croirez-vous que nous avons vu, chez presque tous les settlers du haut pays, moudre, avant le repas, dans des espèces de moulins à café, le maïs et le grain qui devaient faire la pâte, au quart cuite, que l'on mangeait un moment après sous prétexte de pain? Chaque settler est obligé de tout faire : ses meubles grossiers, une partie de ses instruments, quelquefois même sa selle. C'est à coups de hache qu'il se procure des planches. Il chevauchera à 40 ou 50 kilomètres pour faire referrer un cheval ou raccommoder une charrue , etc.

Et ne croyez pas que ce dénuement des choses soit compensé par un excès de travail. Nullement. Le pionnier texien ne se fatigue pas trop. La nature lui est si prodigue qu'il se repose une partie de l'année, laissant la richesse lui venir sous forme de produits naturels, de bestiaux, de plus-value des terres, etc., et attendant que la Civilisation le rattrape pour lui apporter le confort, l'activité sociale et les jouissances qu'il ne dédaigne pas virtuellemment, mais dont il se passe tant qu'elles ne sont pas à sa portée. Il est d'ailleurs effroyablement rançonné par le commerce dont l'inorganisation multiplie les rouages intermédiaires. Le commerce américain n'a pas pour principe que les petits profits font les grands bénéfices; il professe, au contraire, que ce sont les gros profits qui font les grosses fortunes, et s'il agit partout en conséquence, c'est particulièrement dans les pays neufs qu'il a les coudées franches.

VIII

L'état social des settlers, sur toute la largeur et la profondeur de la zône d'attaque, est quelque chose qui n'a ni nom ni place dans la série naturelle du cours du mouvement social. Subjectivement, c'est-à-dire quant à ses éléments, son action, son but et ses effets, cet état est très-supérieur sans doute à la sauvagerie, puisque c'est une graine de civilisation qui pousse très-rapidement. Mais, dans la forme, il lui est inférieur. Les sauvages, du moins, vivent réunis en hordes, en camps ou en tribus. Chez les settlers, le principe de morcellement est poussé à l'absolu. Bien que transitoire et temporaire, leur état n'en réalise pas moins l'extrême limite théorique de l'isolement : ambigu étrange qu'il faut classer au-dessous de la sauvagerie à certains égards, bien qu'il contienne virtuellement ici une civilisation très-prochaine et très-riche. Quoi qu'il en soit, vous déduirez facilement de ce que j'ai dit, — et je pourrais ajouter d'autres motifs encore, plus particuliers à une partie des populations nouvelles du Texas, — qu'il est impossible d'imaginer, pour l'œuvre de

la colonisation et de la conquête, des conditions plus misérables, des moyens plus infimes, et, si l'on peut dire ainsi,
des forces plus débiles.

Ah! quand nous avions sous les yeux ce contraste des
choses, quand nous étions témoins de ce dénuement, de
cette faiblesse de l'attaque, de ce manque absolu de tous les
secours de la civilisation et de l'industrie ; et que nous
voyions, néanmoins, la richesse pousser tout autour de ces
pauvres barraques de pionniers, perdues dans les grandes
solitudes ; quand nous avions devant nous le spectacle de
cette immense marée de prospérité qui monte du littoral,
qui monte toujours et gagne, sans que rien la puisse arrêter,
les hautes terres ; quand nous contemplions cette munifi-
cente nature et que nous calculions ce qu'elle donne pour
si peu de travail, ce qu'elle rend pour si peu d'efforts et
d'organisation ; nous nous sentions frémir d'impatience, de
désir, de regret et de crainte ! C'étaient le désir et l'impatience d'attaquer, avec les moyens supérieurs que nous com-
binions dans nos esprits, ce champ de conquêtes si sûres et
si belles ; c'était le regret de ne l'avoir pas connu plus tôt, le
regret surtout que tous nos amis, nos frères en convictions
sociales, ne pussent le voir comme nous. Et la crainte enfin,
pourquoi ne vous le confesserais-je pas, c'était la pensée que,
vous, n'ayant pas vu de vos yeux, nous restassions impuis-
sants à vous transmettre la notion saisissante des choses et
l'invincible attraction qui en émane. Ils savent bien pourtant,
me disais-je en moi-même, que je ne mens pas ! quand je
leur dirai : voilà ce que j'ai vu, ils ne pourront douter que
j'aie vu. Mais se décideront-ils ? n'ayant pas vu eux-mêmes,
n'ayant pas senti, touché, respiré la réalité, pourront-ils se
l'assimiler par transmission ? se réveilleront-ils, entendront-
ils le *Surgite* libérateur ? ou bien, un moment tirés d'une
atonie que les circonstances ont faite, ne se réveilleront-ils
que pour dire : « Ce serait bien beau... mais c'est trop
loin ! » et retomber ensuite dans la torpeur européenne ?

Plus longtemps ma raison avait gardé, condensées dans son fort intérieur, toutes les résistances, et plus je comprenais la valeur sociale de ces réalités qui en avaient triomphé, plus j'eusse voulu pouvoir porter cette réalité sous vos yeux pour triompher des vôtres. Je ne doutais plus de l'Amérique alors! Elle était bien la terre de la réalisation, la terre heureuse, la Terre promise; je ne doutais plus que de vous et de moi. Me serait-il donné de susciter en vous la résolution qui serait la conquête? — Il n'y a qu'à *vouloir;* voudront-ils? Ces simples mots résument tous les sentiments qui m'agitaient.

IX

Quoi qu'il en soit de mes craintes d'alors, vous devez déjà vous apercevoir que les circonstances sociales se présentent *actuellement*, au Texas, pour une entreprise comme celle que nous aurons bientôt à esquisser, non moins singulièrement favorables que celles qui y ont été réunies par la nature. Vous ne tarderez pas à reconnaître qu'elles dépassent celles-ci, s'il est possible, en garantie de grande prospérité.

Et en effet, dans cette société naissante, tout est à faire; et tout est à faire aux conditions les plus productives. Il y a tout à faire en importations d'industrie, de commerce, de science, d'éducation, de luxe même; en greffe de procédés progressifs de tous les ordres, acquis et réalisés ailleurs par la civilisation. Tout y manque encore et tout y est virtuellement invoqué par la combinaison du dénuement primitif et du développement si rapide des grands éléments de la richesse matérielle. Le pionnier de l'extrême frontière se passe forcément de ce qu'il ne peut songer à se donner dans sa solitude, mais déjà la couche qui le précède est plus ambitieuse; la rapidité des fortunes commerciales et le haut prix des importations et de tout travail de métiers et de confections, en sont l'irrécusable preuve. Une colonie pourvue

des éléments les plus ordinaires de nos civilisations trouverait donc, dans les circonstances sociales ambiantes, un
champ de prospérité plus riche encore que celui de la
nature.

Un exemple entre mille concrétera l'idée. En voyant descendre à travers la prairie de grands chars chargés de
quelques énormes balles de coton, je disais à Br. : Essayez
donc de calculer ce qu'il y aurait à gagner en montant, sur
des points convenablement choisis, au bord des rivières, de
puissantes presses mécaniques dans le genre de celles qui
permirent à l'armée anglaise de transporter des fourrages
en Espagne lors de la guerre de 1808 ? — Arrivés à Galveston,
le principal port du Texas sur le golfe, j'appris que la presse
à coton y fonctionnait déjà et qu'elle donnait 200 dollars de
bénéfice par jour à chacun des trois ou quatre associés qui l'a-
vaient réalisée. Qu'il y ait de l'exagération dans ces chiffres,
c'est ce que je veux bien croire ; mais en faisant la marge
grande, il faut certes que l'opération livre des produits
énormes pour que l'on énonce dans la localité de semblables estimations.

D'après ce que vous savez du système des courants atmosphériques du Texas, vous comprenez facilement qu'il
n'y a pas de pays au monde, y compris la Hollande, plus favorable à l'établissement des moulins à vent, et où ce mécanisme soit plus puissamment réclamé pour l'élévation des
eaux, pour les moutures, pour la fabrication des huiles, le
sciage des bois, et cent autres objets. Hé bien! il n'y a pas
un seul moulin à vent dans le pays. On ignore ce que c'est.
Sur les trois quarts de la surface déjà habitée du pays on
fait, comme je l'ai dit, les planches à coups de hache, on
moud le grain dans des espèces de moulins à café. C'est à
peine si nous avons rencontré, là où les settlements com-
mençaient un peu à se rapprocher, d'informes manéges à
bœufs ou à mulets. Une fabrication intelligente des principaux organes de ces machines trouverait bientôt partout à

placer ses produits et donnerait rapidement des bénéfices considérables.

Mais ici, pas plus qu'en maint autre point de mon récit, je ne saurais en finir si je voulais tenter une énumération. Depuis les plus simples opérations de l'alène, de l'aiguille, de la couseuse (déjà fort employée dans les États de l'Est), jusqu'à la construction des machines élémentaires appropriées aux besoins du pays, on n'aurait que l'embarras du choix entre mille branches toutes très-lucratives.

Enfin un noyau de colonisation quelque peu compact et procédant avec une idée d'ensemble, rien qu'en organisant ses propres transports et ses lignes de communication, s'emparerait avec la plus grande facilité, sur de larges zônes longeant ces lignes, d'un commerce qui serait un bienfait pour les populations ambiantes, et dont les bénéfices dépasseraient encore ceux des autres branches.

X

Comprenez bien ceci : La pauvreté, au Texas, n'est pas une vieille pauvreté, une pauvreté résignée et stationnaire, un état normal, une habitude des populations, comme notre pauvreté d'Europe. S'il en était ainsi, il ne faudrait spéculer que sur les avantages directement fournis par la nature. Mais non ; loin de là et tout au contraire, cette pauvreté n'est ici qu'une transition d'un moment, un début, un point de départ. L'aisance et la richesse galopent après elle. Ce fait, qui est capital, qui résulte à la fois et des données matérielles du pays, et de la nature de la population qui s'y porte, et du but que celle-ci s'y propose et qu'elle y atteint promptement, domine tout le champ des considérations que je viens de vous indiquer.

Dans un milieu où la matière de la richesse, la substance

élémentaire de la prospérité et de la vie sociale, se créent si
abondamment et si vite, tout noyau devient bientôt un
centre de condensation, et s'assimile les éléments de la vie
ambiante proportionnellement à sa masse de gravitation et à
sa force de rayonnement. Il multiplie la vitalité du milieu
extérieur et celui-ci puissancialise incessamment la sienne à
son tour. Or, il n'est pas, que je sache, un autre lieu au
monde, à l'heure qu'il est, où les circonstances sociales offrent à l'esprit d'industrie, à l'importation des progrès acquis
et réalisés par le travail de la civilisation, des moissons à la
fois aussi *abondantes* et aussi *assurées* qu'au Texas; parce
que nulle part ailleurs cette transition rapide de la pauvreté à la richesse n'est aussi générale, aussi certaine,
aussi peu aléatoire, et que les faits historiques et les données locales ont conservé, jusqu'à ce moment, au pays un
caractère presque exclusivement agricole.

Sans doute il y aura pour longtemps encore beaucoup à
faire et dans de très-belles conditions au Texas. Mais si l'on
y veut faire des choses *merveilleuses*, c'est-à-dire si l'on se
propose d'y atteindre certainement des résultats énormes avec
des moyens d'une infériorité relative, d'une disproportion
que j'appellerai volontiers impossible ou ridicule, il ne faut
pas perdre de temps. Pourquoi? pour une raison très-simple;
parce que le Texas va bientôt être mieux connu; parce que
l'œil du Nord commence à s'ouvrir et à regarder dans cette
direction, et que la grande spéculation, les chemins de fer,
l'industrie, les éléments propres de l'Est ne tarderont pas à
y descendre. Or, ce sera tout autre chose d'avoir précédé
cette invasion ou de venir postérieurement à elle. Établi
avant, on profite gratuitement et abondamment du nouveau
flot de plus-values et du grand mouvement d'affaires qu'elle
apporte avec elle. Après, au contraire, les rôles sont ren-
versés, et il faudra bien lui payer tribut.

Il y a, sur toute la confédération des États, et pour longtemps encore, même sans sortir des données de la civilisa-

tion, un développement de prospérité dont le marasme relatif de l'Europe ne peut donner l'idée. Mais partout le système de ce développement offre des points singuliers, des époques d'accélération, des temps où la vie nouvelle surgit et s'élance avec une abondance et une promptitude extraordinaires.

Saisir une telle époque, s'établir sur un point déjà brillamment privilégié par ses conditions naturelles, au moment d'une de ces montées de grande sève qui font, en quelque sorte, éclater subitement la végétation sociale, être soi-même élément et substance de cette sève, c'est, au point de vue de la question et de l'esprit pratiques, une considération de premier ordre et qui vaut la peine qu'on y prenne garde.

Pour vous édifier sur ce point important je ne saurais mieux faire que de reproduire ici un document que j'ai trouvé sur le navire qui m'a ramené. Ce document, extrait d'une Statistique générale récemment publiée à Philadelphie, résume très-bien d'ailleurs tout ce que j'ai établi précédemment, et me servira à compléter les renseignements généraux que j'ai pour tâche de vous fournir. Voici la traduction textuelle du chapitre en question :

XI

TEXAS. *Configuration du sol*, etc. — « La contrée est as-
» sise sur une vaste plaine inclinée, descendant des hauteurs
» montagneuses de l'Ouest, s'abaissant graduellement vers
» le Sud-Est, jusqu'aux plaines du littoral, et sillonnée d'une
» multitude de cours d'eau dans cette direction.

» Cet ensemble se divise en trois zônes distinctes. La pre-
» mière, comprenant les plaines qui commencent à la mer,
» s'étend sur une bande de 50 à 100 milles de largeur. C'est
» une région basse, d'une extrême fertilité ; son sol d'allu-
» vion, très-riche, ne présente pas ces fondrières et ces eaux

» stagnantes si communes sur toutes les plages maritimes
» des autres États du Sud. Les bords des rivières y sont
» couverts de bois superbes. Les meilleurs pâturages y
» abondent.

» La zône suivante est une région très-étendue, dont le
» sol s'ondule et qui se présente sous l'aspect de prairies
» coupées de forêts, d'une végétation puissante. Le sol,
» formé par des terres calcaires et siliceuses, est excellent.

» La dernière zône, la plus élevée des trois, qui s'avance et
» s'étend en partie sur la grande chaîne connue sous le nom
» d'Alpes mexicaines, contient de grands plateaux très-fer-
» tiles, des montagnes produisant les plus nombreuses va-
» riétés d'arbres et d'arbrisseaux, et des vallées d'une pro-
» ductivité à rendre à l'agriculteur cent fois le prix de son
» établissement (extraordinary fruitful, capable of repaying
» the soil of the husbandmen a hundred fold). On peut af-
» firmer sans crainte que cet immense État présente à l'agri-
» culture, sur toute l'étendue de sa surface, une des plus
» admirables contrées de la terre entière.

» Les bois se rencontrent partout. Les essences les plus
» communes sont le chêne vert, de qualité supérieure, plu-
» sieurs autres variétés de chênes, l'hikory, l'orme, le
» noyer, le sycomore, de nombreuses espèces d'acacias,
» de cyprès, des caoutchoucs, etc. Les terres hautes pro-
» duisent de belles parties de cèdres, de pins et d'espèces
» similaires. Les fruits et les plantes potagères de toute sorte
» désirable, s'y cultivent avec autant de facilité que de suc-
» cès. Les pêches, les melons, les raisins et les autres fruits
» des climats tempérés, y viennent à profusion, tandis que
» les figues, les oranges, les citrons, les dattes, les ananas,
» les olives et les autres fruits des tropiques abondent dans
» les parties méridionales.

» Les produits de la grande culture sont les cotons (l'es-
» pèce à longue soie) le maïs, le blé, le seigle, l'orge et les
» autres grains, la canne à sucre, les pommes de terre, les

» patates, etc. Le riz et le tabac croissent sur plusieurs points
» et parmi les plantes indigènes on compte l'indigo, la
» vanille, la salsepareille et nombre de produits médicinaux.
» Des quantités considérables de bétail, de chevaux, de mu-
» lets, de moutons et de cochons s'engraissent sur les
» prairies, sans réclamer à vrai dire aucun soin. D'énormes
» troupeaux de buffalos et de chevaux sauvages parcour-
» rent les prairies; les cerfs, les ours et plusieurs autres
» espèces de gibier s'y montrent à profusion. Aucun État
» de l'Union n'égale ou n'approche le Texas pour la richesse
» des pâturages.

» *Indiens.* Le territoire et son voisinage sont encore in-
» festés par des hordes d'Indiens, dont la plupart subsistent
» d'incursions et de déprédations, et montrent souvent les
» dispositions les plus destructives et les plus sanguinaires.
» Des efforts constants et croissants n'ont cessé d'être opposés
» à leurs maraudes, et d'être faits pour les amener à un état
» de paix et d'amitié relatives. Mais jusqu'à ce que la contrée
» ait atteint une densité de population plus forte, ce résultat
» si désirable ne sera probablement pas atteint. La population
» de l'Etat, en 1850, était ainsi répartie : Blancs, 154,000;
» noirs, libres, 551; esclaves, 58,161. Total, 212,552.

» *Climat.* Les voyageurs et les résidents s'accordent à
» représenter le Texas comme jouissant d'un climat déli-
» cieux et d'une salubrité remarquable partout sauf quelque
» peu d'exceptions à certaines saisons.

» Comme en Californie, l'hiver ou la saison des pluies
» commence en décembre et finit au mois de mars; le reste
» de l'année, qui comprend le printemps, l'été et l'automne,
» est la saison sèche. L'hiver n'est jamais rigoureux et la
» neige s'y montre peu si ce n'est sur les sommets des pics.
» La chaleur de l'été, quoique intense, est grandement tem-
» pérée par les brises régulières et rafraîchissantes qui se
» lèvent tous les jours avec le soleil et ne tombent pas avant
» trois heures de l'après-midi. Toute l'année d'ailleurs l'air

» des nuits est rafraîchissant. D'avril à septembre la tem-
» pérature varie de 65 à 100° Farenheitt, la moyenne à midi
» étant d'environ 85°. En été, la fièvre intermittente se
» montre ordinairement dans les terres basses, sur les plages
» du golfe; quoiqu'elle y prenne rarement un caractère épi-
» démique. »

XII

Voilà comment l'on écrit déjà au Nord sur le Texas. Pour
bien apprécier ce document, il faut savoir quelle était la réputation du pays naguère. L'éloignement du Texas, sa
situation à l'extrémité méridionale de l'Union, le peu d'élévation de ses plages maritimes et les récits fabuleux auxquels son origine donna lieu, avaient accrédité sur ce pays
les notions les plus fausses et les plus absurdes. On l'avait
tout d'abord assimilé aux parties les plus malsaines des États
du sud; sa réputation civile n'était pas meilleure que sa
réputation sanitaire : on le représentait comme l'asile de tous
les voleurs et de tous les bandits de l'Union; enfin il était
convenu que les hordes des plus féroces sauvages le rava-
geaient à qui mieux mieux, et que des aventuriers, des
scissionnaires, des blancs aussi sauvages que les Cadoes ou
les Comanches pouvaient seuls songer à s'y établir. Combien de personnes, avant notre départ, ne nous ont pas
conté à nous-mêmes de semblables choses! On nous avait
bien fait, des vents du Texas, — la couronne de son magnifique régime climatologique, — un épouvantail terrible.

Le document ci-dessus prouve que l'on revient de ces
erreurs, bien qu'il en contienne encore quelques-unes. L'auteur, qui s'est entouré des meilleurs renseignements qu'il a
pu se procurer au Nord, décrit les choses telles que nous
les avons vues; seulement, la division de l'année en saison
sèche et en saison de pluies est une fausse application au
Texas de ce qui constitue le régime de beaucoup de pays

méridionaux ; la pluie, comme je l'ai dit, s'y répartit ordinairement d'une façon presque régulière sur toute l'année,
on nous l'a formellement affirmé. Quant à l'affaire des sauvages, c'est une erreur plus grossière et véritablement
risible.

Les frontières des États-Unis, mobiles du côté des Indiens,
sont de distances en distances semées de forts. A la première inspection de ceux-ci, nous pensâmes que les Indiens
du Sud sont aujourd'hui peu redoutables. Ces forts sont de
simples baraquements qu'on ne se donne pas seulement la
peine de fermer par des barrières de bois, et leurs garnisons
ne contiennent souvent pas plus de 50 ou 60 hommes.

Le jour où nous arrivâmes à Preston, la femme de l'au-
berge où nous couchâmes nous racontant les dangers que l'on
courait dans le pays il y a sept ou huit ans, nous dit : « Je
m'attendais toutes les nuits à être assassinée. Le pays était
plein d'Indiens ; il n'y avait presque pas de blancs, et quand
mon mari n'était pas à la maison j'étais obligée *de me tenir
le soir devant la porte avec un bâton pour la garder.* » C'était
une petite femme de la Virgine qui avait plus l'air d'une
poupée que d'un athlète. Nous dûmes conclure que les hordes féroces du Texas ne devaient pas avoir été bien redoutables.

Au reste, on ne laisse plus les tribus en dedans des lignes
des forts, et ceux-ci avancent à mesure que les établissements se forment derrière. Et quand les Indiens occupaient
encore le pays, les settlers ne s'en fixaient pas moins au milieu d'eux, isolés et hors de tous secours immédiats les uns
des autres. Des fanfaronnades, des récits exagérés, multipliés par les distances, ont été les véritables causes des
fables longtemps accréditées au nord sur les tribus du Texas.
J'ai causé avec les héros des grandes guerres indiennes, je
me suis fait raconter les fameuses campagnes qui eurent tant
de retentissement il y a 10 ou 12 ans, et qui ont encore leurs
échos dans les États éloignés : tout cela s'est réduit, dans la

bouche des chefs des expéditions eux-mêmes, à quelques poursuites de partis qui avaient volé des chevaux. Je le répète d'ailleurs, ces temps sont totalement passés, et en circulant seuls sur les extrêmes frontières, nous avons reconnu par nous-mêmes, aussi bien que par les témoignages unanimes dans les parties déjà habitées, que la sécurité du pays est aujourd'hui partout très-supérieure à celle dont *on jouit* dans les rues de Paris, de Londres ou de New-York.

Quant à la population blanche, bien qu'elle n'ait pas eu toujours l'origine la plus virginale, elle n'en est pas moins, en fait, une des bonnes des États, la population agricole surtout. La vie est si facile au Texas qu'on n'y voit pas un mendiant et qu'on n'y connaît d'autres vols que ceux qui se pratiquent très-légalement dans tous les pays civilisés. Je ne veux pas dire que le Texas n'ait été le refuge de plus d'un scissionnaire ; mais je dis que le scissionnariat, passez-moi le mot, ne s'exerce pas au Texas. On y fait des affaires, voilà tout. Somme toute, je le répète, le pays est des sûrs parmi les plus sûrs.

Quoi qu'il en soit donc du passé, des fables effrayantes et de leurs causes, ce qu'il y a de certain c'est que la lumière se fait rapidement à l'heure présente, et que la réalité, dès qu'elle sera en plein jour, ne tardera pas à appeler sur ce grand et beau pays, les capitaux, l'industrie, les entreprises et la spéculation du Nord. Le rapport que le capitaine Marcy imprimait quand j'ai quitté New-York, et que je suis étonné de n'avoir pas encore reçu, hâtera cette époque déjà préparée par ses lectures (expositions orales) de l'année dernière, qui fixèrent notre attention et déterminèrent la direction de notre voyage. J'ajouterai ce fait significatif, c'est qu'à notre retour nous avons rencontré, entre Galveston et Austin, des notabilités capitalistes de New-York qui venaient s'enquérir elles-mêmes de l'état des choses, et voir ce qu'il y a à faire en acquisitions de terrains, constructions de chemins de fer et opérations de grande spéculation. Déjà l'exécution des premières voies de ce genre est commencée dans le bas pays, et il est assez fortement question de la vallée de la Trinité ou de la rivière Rouge pour la fameuse ligne du Pacific - Railroad, destinée à joindre, à travers les terres de l'Union, l'Atlantique et le Pacifique. Au train dont vont les choses en Amérique et particulièrement les entreprises de chemins de fer, un point en tous cas est certain, c'est que si la ligne principale de la Californie ne passe pas par cette vallée, une branche des plus importantes du système du Sud traversera la contrée (1).

Arrivés ici, vous pensez probablement que j'ai épuisé la série de ces facteurs exceptionnels dont la réunion élève à une si haute puissance le coefficient de la virtualité actuelle du Texas. Hé bien! non, et comme en dernière analyse tous ces facteurs, quels qu'en soient le nombre et la valeur, s'expriment par des faits positifs, avérés, que je me contente de vous rapporter, qu'on ne peut contester, qui sont là, qui d'ailleurs se tiennent entre eux et dont, après tout, les liens, les origines et les causes s'expliquent clairement, je n'ai rien à craindre et je continue mon témoignage. Le nouvel objet dont je vais parler est aussi considérable que son énoncé est simple. Il s'agit du prix des terres.

XIII

Vous vous dites : « Soit! les terres sont ici plus fertiles que dans tous les autres États. Ce fait est acquis. Mais le prix de ces terres n'y est, du moins, pas inférieur. » Hé bien! non,

---

(1) Au moment où je corrige les épreuves de ce chapitre, je reçois des nouvelles qui montrent que les choses ont beaucoup marché depuis que j'ai quitté le pays. Brisbane vient de m'envoyer une carte sur laquelle le projet le plus probable de la ligne texienne est tracé. J'en parlerai dans une note à la fin du mémoire.

le prix le plus élevé d'acquisition des terres libres est encore,

l'heure qu'il est, de 625 pour 100 meilleur marché au Texas que dans tous les autres États. L'acre des terres libres coûte, dans tous les États, un dollar un quart ou 125 cents (1). L'acre, au Texas, s'obtient encore au prix de 20 cents. — Voilà le fait.

Ce n'est pas tout : dans des conditions que vous connaîtrez tout à l'heure l'acre revient à 6 cents seulement, c'est-à-dire que la terre y est, en ce cas, 21 fois meilleur marché que dans les autres États !

Remarquez que je ne parle pas de terres déterminées, mais de terres que l'on choisit à volonté sur tous les espaces non encore appropriés. — Expliquons ce mystère.

Aux États-Unis, les terres vierges appartiennent généralement à l'Union, qui les vend au prix uniforme de 1 dollar 1/4 l'acre ; telle est la loi commune.

Mais, premier point, le Texas, démembrement du Mexique et État indépendant, s'est réservé dans son acte de libre annexion à l'Union, la propriété pleine et entière de ses terres.

Second point, lors de la guerre de l'indépendance, le gouvernement Texien, obligé de recruter des forces contre le Mexique, dut appeler des volontaires et leur offrir, pour appât et récompenses, d'immenses concessions territoriales, qui furent effectivement distribuées sous forme de bons au porteur, nommés head-rights, donnant droit à la propriété

---

(1) Le cent est à très-peu près, notre sou de 5 centimes : 100 cents valent un dollar. Un dollar vaut à Paris 5 francs. La valeur réelle est de 5 fr. 48 cent., et sa valeur théorique, aux États-Unis, de 5 fr. 33 cent.

(GOODRICH.)

L'acre américain est sensiblement 2|5 de l'hectare ; exactement, ares 40,4671.

de la quantité de terres énoncée dans le titre, à choisir sur les surfaces libres.

Or il arriva que ces volontaires, aventuriers étrangers pour la plupart, se dépêchèrent de faire argent chacun de son head-right : d'aussi énormes espaces de terre, jetés sur le marché, firent tomber les prix à des chiffres presque nuls, et longtemps même après la guerre, les causes dont j'ai parlé plus haut pesèrent sur une émission déjà écrasée par son propre poids.

Tant est que l'acre de terre n'était coté, en head-rights, que 5 cents (25 centimes), il n'y a pas plus de 5 ans. Mais cette période d'extrême avilissement est passée : en 5 ans les head-rights, s'élevant en progression régulière, ont réalisé un accroissement de 400 pour 100 ; ils se tenaient, lors de notre passage, entre 18 et 22 cents l'acre, soit 1 fr. — Remarquez, je vous prie, combien un tel accroissement, dans les dernières années, est significatif, et confirme ce que j'exposais tout à l'heure sur la phase *actuelle* du Texas. Évidemment cette phase de très-rapide transition ascendante que j'annonçais, n'est pas seulement préparée, mais bien réellement déjà commencée.

Ce n'est pas tout. Eu égard à l'étendue si vaste de ses terres et à l'intérêt du pays à être promptement peuplé, la loi texienne fait à tout émigrant la concession de 520 acres de terre, à choisir d'un seul tenant, moyennant une rétribution de 20 dollars pour différents frais. Le prix de l'acre est, dans ce cas, d'environ 50 centimes.

En résumé, les prix étaient, il y a 5 ans, par head-rights : l'acre, 25 centimes ; l'hectare, 60 centimes. Ils sont aujourd'hui, par la même voie : l'acre, 1 fr. ; l'hectare, 2 fr. 50 c. Et par voie d'établissement direct : l'acre, 0 fr. 50 c. ; l'hectare, 0 fr. 75 c.

Tel est, sur ce sujet, l'état des choses en ce moment. La lieue carrée, de 1600 hectares, qui valait 1000 fr. il y a 5 ans, en head-rights, en vaut maintenant 4000, et s'acquiert d'ailleurs pour 1200 fr., par chaque douzaine de colons arrivant.

Telles sont les causes, toutes particulières au Texas, résultant de son histoire propre, de son immense étendue et de l'origine obscure et aventureuse dont il se dégage, qui font que les terres libres, malgré leur supériorité incontestée, sont encore, dans cet État, 6 fois un quart moins cher pour un cas, et 20 fois pour l'autre, que dans les autres parties de l'Union américaine.

XIV

Vous connaissez maintenant les données générales de la nature et les circonstances sociales et économiques qui constituent l'état présent des choses dans ce pays. Ce que je vous ai dit vous met en état d'apprécier par vous-même, non-seulement la valeur des données fixes, dont la réunion forme le fonds inaliénable de ces contrées si hautement privilégiées, mais encore les circonstances historiques, tout exceptionnelles elles-mêmes, qui y ont préparé ce *moment pratique*, cette phase de vigoureuse transition ascendante, ce grand mouvement de première sève sociale dont j'ai essayé de vous donner l'idée. Tous les jeunes États de l'Amérique présentent plus ou moins régulièrement ce phénomène à leur tour; mais il doit dépasser, au Texas, les proportions ordinaires, par cela même qu'il a été plus retardé, et que les énormes avantages que le pays réunit ont été plus longtemps voilés par des erreurs qui s'évanouissent et des craintes qui n'ont plus de motifs réels aujourd'hui.

On peut même ajouter que ce n'est pas seulement en Amérique que le jour est en train de se faire sur la virtualité du Texas. Un extrait des *Annales du commerce extérieur*, tout récemment inséré au *Moniteur* (N° du jeudi 27 octobre

dernier) (*a*), prouve que la réalité commence à pénétrer en
Europe. C'est un document à joindre à celui que j'ai précédemment cité. La publication au *Moniteur*, et la place qu'il y
occupe, lui donnent le caractère d'un avertissement adminis-
tratif adressé au commerce français sur les débouchés que le
prochain avenir de ce pays peut offrir, si l'on se met en
mesure d'en profiter (1).

(*a*) On peut lire cet article au n° ci-dessus indiqué; j'en extrairai
quelques passages, pour ceux qui n'auraient pas le *Moniteur* sous la
main. L'article est intitulé : ÉTATS-UNIS. *Notice sur le Texas.*
« Durant l'année 1852, y est-il dit, le commerce de Galveston a pris,
» en même temps que la prospérité générale du Texas, un essor remar-
» quable; les récoltes de tous genres, sucres et cotons, ont presque dou-
» blé; des relations directes ont été établies avec l'Europe et principale-
» ment avec l'Allemagne.

» Il est arrivé beaucoup d'émigrants européens directement d'Allema-
» gne, et par la nouvelle-Orléans. Il est venu par la voie de terre un
» plus grand nombre d'Américaines, des États à esclaves de l'Atlantique,
» dont les terres s'épuisent tous les jours...

» Il est regrettable que le commerce français, qui a tant besoin de dé-
» bouchés, n'ait fait encore aucun effort sérieux pour exploiter un État
» dont les Allemands ont presque le monopole, et qui, dans peu d'années,
» sera vraisemblablement le plus important des États-Unis, pour la pro-
» duction du sucre et du coton...

» Le climat de ce nouvel État de l'Union est très-salubre, sauf sur le
» bord des fleuves près de la mer où les fièvres sont à redouter...

» Les terres sont à très-bas prix; on en obtient depuis 50 cen-
» times jusqu'à 10 fr. l'acre (1). La proximité des rivières, des routes, des
» villes ou villages, constitue le prix de la terre, aussi bien que la qua-
» lité...

» Il n'y a rien à craindre des Indiens, sauf dans l'Ouest et sur le Rio-
» Grande. La fièvre jaune est généralement inconnue au Texas hors des
» centres de population, et, dans tous les cas, à 100 milles de la mer. A
» cette distance le pays s'élève et s'étend en plaines ondulées et entre-
» coupées de bois... »

(1) Les terres indiquées à 10 fr. l'acre sont des terres appropriées. Ce
chiffre ne signifie donc rien.   (*Note de l'auteur.*)

ÉTATS - UNIS.

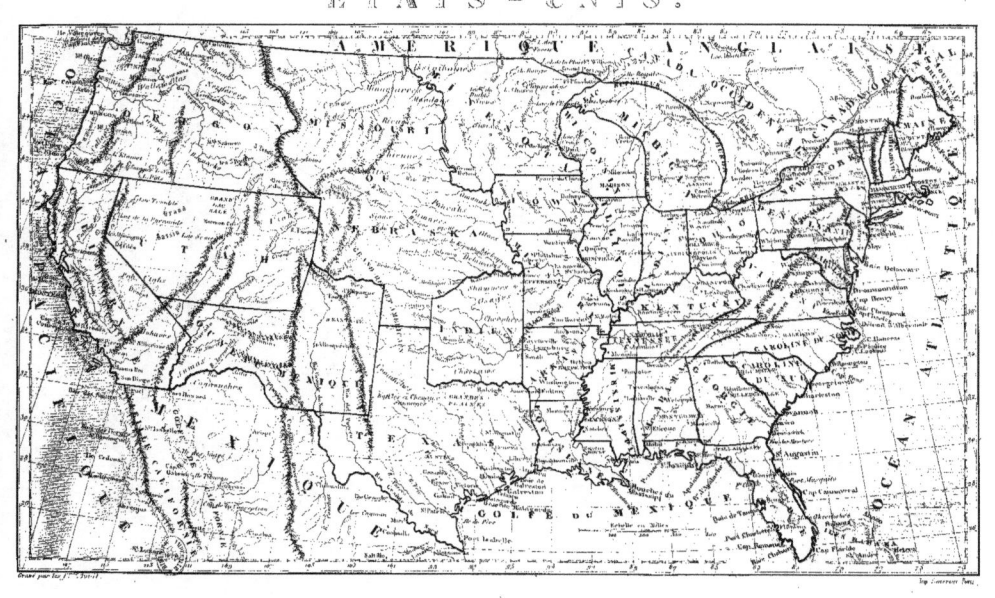

TEXAS
Chipsée en Case

PUBLISH FOR J.H.COLTON & COMPANY NEW YORK

Scale of Miles

Pour moi, vous ayant esquissé cette série d'éléments de prospérité, que la nature s'est plu à faire concourir pour composer l'apanage extraordinaire de ce pays, je livre à vos méditations les *faits* par lesquels chacun de ces éléments se manifeste, je vous invite à estimer vous-mêmes la valeur propre de chacun de ces facteurs, et à en calculer le produit. Vous ayant initiés aux dispositions d'esprit avec lesquelles j'ai abordé les choses, vous ayant ensuite rapporté celles-ci telles que je les ai vues, et vous en ayant fait connaître les causes naturelles ou les origines historiques, ma tâche à ce sujet est accomplie.

Comprenez bien seulement ceci : c'est que, par la lecture de ce simple récit, vous connaissez beaucoup mieux le Texas que l'immense majorité des Américains, — y compris la plus grande partie de ses propres habitants, dont la masse, encore peu cultivée, a plus l'instinct de la valeur du pays qu'elle n'en saurait avoir l'intelligence raisonnée. En tous cas, dans ce Rapport rapide où, pour la première fois que je sache, le Texas *réel et actuel* est exposé avec quelque ensemble, j'affirme ceci : c'est qu'il se rencontre, dans ces contrées, une combinaison tout à fait extraordinaire de conditions, dont plusieurs constitueraient, même séparément déjà, des priviléges rares et exceptionnels, et que, en ce moment surtout, il est aisé d'y atteindre, avec des moyens relativement minimes, des résultats énormes.

J'affirme ceci en novembre 1855 et je demande qu'il en soit pris acte. Je sais qu'il ne se passera pas beaucoup d'années avant que cette affirmation ait reçu, des faits extérieurs et quoi qu'il arrive, une confirmation éclatante, et c'est dans l'intérêt de ma responsabilité que j'en demande aujourd'hui la constatation entre nous.

TROISIÈME PARTIE.

—

Proposition.

I

Hé bien ! me direz-vous, maintenant que vous nous avez exposé le Texas et que nous connaissons l'état des choses, que nous proposez-vous ?

Ce que je vous propose, amis, vous allez le savoir.

Je propose d'abord à l'École phalanstérienne de se désengourdir ; à la foi qui dort de se réveiller ; à celle qui est morte de ressusciter.

Je propose que, tous et chacun, nous nous associions d'esprit, de cœur et de volonté, à une œuvre que la volonté de tous détermine, réalise virtuellement *ipso facto*, et pose comme la plus grande chose qui se puisse entreprendre : la fondation, de toutes pièces, dans des conditions approuvées par la raison, d'une société qui s'établissant en pleine conscience de son but et de ses moyens, a pour objet la condensation des éléments les plus avancés et des idées les plus progressives acquises à l'humanité, en un foyer de liberté, de lumière, de puissance pacifique, d'attraction souveraine et de prospérité rayonnante et libératrice.

Je propose que, tous et chacun, nous nous affranchissions sur-le-champ, par un acte de foi basé sur les plus belles don-

nées matérielles et sur le sentiment religieux et fort de la
Vérité sociale dont nous avons charge, des découragements,
des torpeurs, des impossibilités théoriques et pratiques, et des
sombres réalités actuelles de l'Europe, ou des illusions d'un
espoir passif, décevant et sans vertu. Je propose que chacun
se dégage de toutes ces choses, à l'heure qu'il est, par une
résolution intérieure, décisive; s'élève au-dessus des vapeurs
mortelles d'abandon, de somnolence morale, de résignation
sénile ou d'égoïsme, qui asphyxient le Socialisme en Europe,
et salue dans son cœur la *patrie des Réalisations premières et
prochaines* de ses idées, de sa religion, de sa foi;

Et que chacun et tous, unis en esprit à travers les distances, ressuscités à la conscience de la puissance collective,
au sentiment fort de la communion des âmes et de la convergence des concours, nous constituions, par cet acte, une
phalange de volontés résolues à faire, de près ou de loin,
de ces réalisations glorieuses, œuvre et but d'activité pratique immédiate.

Amis, je vous le dis, la Terre promise est une réalité. Je
n'y croyais pas; je ne suis pas allé la chercher; j'y ai été conduit. Nous l'avons vue et parcourue pendant quarante jours
et je vous l'ai décrite. L'idée rédemptrice sommeille dans la
captivité d'Egypte. Qu'elle se réveille! Croyez, et la terre
des Réalisations, la terre sacrée est à vous. Une résolution
forte; un acte de foi collectif: cette Terre est conquise.

Je vous le dis d'une voix simple qui ne diminue pas la
solennité de la parole : Je vous apporte la voie et le salut, et
je vous propose l'inauguration. Unissons-nous seulement de
volonté résolue, et, pour peu de chose que cela puisse sembler aux gens du dehors, je vous le dis parce que je le crois
et qu'il en est ainsi, l'ère nouvelle du monde est fondée.

L'école phalanstérienne contient plus de forces que l'initiative de l'œuvre n'en exige. Qu'elles s'ébranlent, s'unissent
et convergent; virtuellement et d'ores et déjà, la fondation
est opérée.

II

Si cette parole vous a reconfortés, si elle a réveillé ceux qui dormaient, si le désir a jailli dans vos âmes; si vous vous sentez en vibration d'amour, d'espérance et de foi sur cette œuvre : cette œuvre n'est pas seulement vivante, elle est encore baptisée en dévouement dans nos cœurs. Elle est noblement et religieusement titrée. Son caractère lui est acquis par le sentiment dans lequel elle est conçue; car, je le répète, elle est dès maintenant conçue, elle vit. La conjonction de nos volontés est l'acte même de la conception. Le germe est créé. Il a son titre de vie, son âme élémentaire, son principe principiant, son activité propre et formatrice. Il ne s'agit plus que de fournir à son développement une alimentation progressive.

Et je puis maintenant, sans diminuer le caractère et le titre de cette œuvre, vous en exposer les voies et moyens dans leur pratique matérielle et industrielle, et même dans leurs rapports directs et inespérés avec le bien-être et les intérêts personnels de ceux qui, de près ou de loin, y prendront part.

Nous trouvons, en effet, ce premier contraste entre le seul mode rationnel de réalisation que nous offrait l'ancien monde et ceux que le nouveau nous présente, à savoir : que sur l'ancien champ l'œuvre première était nécessairement une expérimentation toute scientifique et tout à fait isolée, limitée au nombre restreint et borné des éléments sur lesquels l'expérience progressive du procédé sériaire eût dû se faire; tandis que sur le champ proposé, l'œuvre de réalisation comporte rapidement des conditions de vie nouvelle et de prospérité assurée à tous les éléments aptes et disposés à y concourir.

Tant que nous n'avions encore que les données de l'Europe,

il ne s'agissait et ne pouvait s'agir que d'une réunion de capitaux convaincus et dévoués, *faisant les frais d'une expérience circonscrite.* Et il n'est pas inutile que je rappelle ici avec quelle sincérité obstinée je n'ai cessé, pour ma part, de combattre les illusions, si souvent reproduites, qui voulaient attribuer à une première épreuve du mécanisme sériaire, en Europe, le caractère d'un placement de fonds assuré et plus ou moins lucratif. Cent fois, — c'était pour moi une rigoureuse dictée de conscience, — j'ai insisté sur ces trois points, à savoir :

Que la première réalisation du procédé sériaire devait être considérée comme une expérience coûteuse;

Qu'elle ne pourrait rien, avant son achèvement et les conséquences sociales et extérieures de son succès, pour l'amélioration du sort de ceux qui lui auraient fourni ses conditions d'existence et de développement;

Qu'enfin, et comme conséquence, elle exigeait un concours très-étendu, pour n'avoir pas à faire appel à des engagements des fortunes personnelles, qu'il n'eût pas été loyal, en l'état, d'encourager à être, relativement, trop considérables.

Et l'École a très-généralement accepté, dans tous les temps, qu'elle poursuivrait son but social pour lui-même, pour le triomphe du bien universel, pour la cause et le salut de l'humanité, son objet souverain. Elle s'est constituée sur une foi désintéressée, sur un dévouement. Elle a fait ses preuves, et ce caractère lui est acquis, aujourd'hui que s'ouvre devant elle un champ nouveau où la foi ne commande plus les sacrifices; où, loin de là, ce qu'elle réclame des siens, c'est qu'ils s'emparent, avec décision et énergie, des voies extraordinaires de prospérité qui leur sont offertes, pour que, de cette prospérité inattendue elle-même, sorte bientôt, riche, puissante et radieuse, la Réalisation de l'idée dont ils ont charge.

Vous avez déjà compris, en effet, que sur l'horizon nouveau les voies et moyens anciens de la Réalisation sont changés et singulièrement élargis, et vous présentez sans doute le système des grandes opérations dont la révélation sort comme d'elle-même des données qui vous sont maintenant connues. Pour nous, — je parle ici de Brisbane et de moi, — dès que nous eûmes celles-ci sous les yeux, toutes nos discussions antérieures cessèrent ; la nature des choses nous indiquait les bases de l'œuvre à proposer à nos coréligionnaires des deux mondes : et telle est la largeur de ces bases qu'elles se prêtent à tout ce qui peut être conçu et s'arrangent même fort bien des diversités dont les vues, les procédés d'exécution et les voies et moyens sont susceptibles. — Nous allons nous occuper de déterminer ces bases.

III

Lorsque la colonisation a jeté ses premières racines dans une terre nouvelle, l'œuvre se poursuit d'elle-même et se développe comme une fonction intégrale représentant la somme des actions individuelles des éléments qui y concourent, chacun pour son compte et à ses risques et périls. C'est le cas de la société américaine considérée dans son ensemble, et spéci...lement des États nouveaux et des Territoires (1) de la Confédération.

Mais quand il s'agit de commencer l'œuvre de la conquête, de créer les bases d'opération, c'est une autre question, et le problème a été rarement jusqu'ici résolu d'emblée. Les

(1) La Confédération compte aujourd'hui, outre le *district* de la Colombie placé sous le gouvernement direct du congrès dont il est le siège, 32 États et six *Territoires*. Les Territoires sont destinés à devenir des États lorsque leur population est suffisante ; jusque-là, ils sont administrés par le gouvernement de l'Union. — Néanmoins ce que l'on appelle l'Indian Territory fait exception. Les Indiens, en effet, s'y gouvernent eux-mêmes et à leur façon. Il y a déjà, dans ce pays, un parti qui demande l'érection du Territoire en État et l'annexion.

moyens ordinaires de la civilisation s'y sont le plus souvent montrés insuffisants, soit que les entreprises aient procédé par l'emploi du principe individualiste, soit qu'elles aient eu recours à celui de la collectivité.

Le principe individualiste est trop faible pour l'attaque, et le principe collectif ne s'étant produit jusqu'ici que sous la forme rudimentaire et grossière de la communauté, n'a jamais pu prospérer par lui-même et sans le secours d'une foi religieuse très-énergique. — Les entreprises de colonisation dirigées d'Europe sur des pays neufs proprement dits, presque toujours mal conçues et mal conduites, ont généralement échoué dans leurs débuts, ou ont eu tout au moins des commencements très-pénibles.

Au Texas, que nous choisissions nos *locations* (emplacements) au nord ou au nord-ouest, nous ne serons pas dans le cas de l'attaque d'un pays absolument neuf, puisque nous serons voisins des zones déjà occupées par l'avant-garde des settlers de la civilisation. Cependant nous ne serons pas non plus dans celui d'une colonisation qui ne fait, comme ceux-ci, que continuer un mouvement commencé. Leur morcellement éparpillé n'est pas ce que nous pouvons avoir l'intention de reproduire. Nous avons donc un problème à résoudre, dont la solution doit être obtenue préalablement à l'entreprise, et qui nous dictera les bonnes conditions d'exécution et de développement de notre œuvre. Nous y arriverons facilement par le procédé du développement en série, qui consiste à poser la fonction générale et à en déterminer la valeur au moyen d'approximations successives.

Cette fonction n'est autre chose ici que l'idée principiante générale de l'œuvre elle-même. C'est donc par l'expression de celle-ci que nous devons commencer.

IV

Idée générale et principiante.

L'idée génératrice et première est la fondation, de toutes pièces, sur terres libres, au Texas, d'une société nouvelle non-seulement dans son existence, mais nouvelle encore par son caractère.

Ce caractère est déterminé par l'*objet* même de la fondation et par son *procédé* d'action :

Elle se propose d'asseoir sur un développement rapide de grande prospérité matérielle, la réalisation du Progrès social dont elle proclame le dogme moderne; d'inaugurer, par la liberté et par la science, la vérité, la solidarité, la justice distributive, la combinaison convergente et spontanée des activités individuelles, l'HARMONIE SOCIALE enfin, qui est son idéal et sa foi.

Tel est son but; et le procédé pratique dont elle joint, comme moyen adéquat, la proclamation à celle de son but, est le libre emploi du PROCÉDÉ EXPÉRIMENTAL à la recherche des conditions du perfectionnement des rapports sociaux des hommes.

La formule générale étant ainsi posée, nous allons chercher le premier terme de son développement sériaire, c'est-à-dire la première approximation de sa valeur pratique, ou, si l'on veut, de ses conditions d'exécution.

V

1re Approximation.

La société se fondera et se développera par la création progressive des organes nécessaires aux phases successives et naturelles de son existence.

L'*organe initial* est évidemment une Agence de colonisation, à laquelle incomberont d'abord deux fonctions préalables :

1° L'acquisition des terres où s'asseoieront les premiers Noyaux de la société proposée ;

2° La préparation, qui devra rendre ces terres propres à la réception convenable des premiers essaims de la population.

Les *organes ultérieurs* seront ces Noyaux eux-mêmes, fonctionnant librement dans la direction des idées qu'ils auront apportées et semées dans le champ social où ils seront établis.

En vue d'assurer à la société à créer la grande prospérité qui lui donnera, dans l'ordre des moyens matériels, la puissance de poursuivre et d'atteindre son but supérieur, de lui garantir la parfaite liberté d'action dont elle aura besoin, et l'influence pacifique et rayonnante à laquelle elle doit viser pour la prompte fortune de ses idées, l'Agence de colonisation acquerra des terres assez étendues pour former l'élément d'un nouvel État, si le Texas, ainsi qu'on le croit assez probable, vu ses dimensions, doit être ultérieurement fractionné, ou au moins la base d'un ou de plusieurs districts, dans le cas contraire.

L'appropriation déjà trop avancée des terres dans le Sud du Texas, et les conditions climatologiques et sanitaires supérieures du Nord et du Nord-Ouest, détermineront le choix des acquisitions dans ces dernières régions.

Les terres acquises, l'agence de colonisation procède sur les lieux aux dispositions nécessaires à l'installation des essaims de l'avant-garde.

La préparation faite, les éléments de ces essaims, choisis sous la double raison d'aptitude aux besoins actuels et de communion dans l'idée générale qui préside à la fondation, sont appelés, à des conditions connues, stipulées dans un contrat préalablement et librement débattu entre eux et l'agence de colonisation ou ses représentants. Dès que les essaims établis, se sont reconnus et déclarés autonomes, ils agissent et s'administrent comme tels, en plénitude de liberté dans la sphère de leurs affaires et intérêts personnels.

Le premier noyau fondé devient naturellement, lui-même, instrument de préparation de nouveaux terrains, pour de nouveaux établissements, dont l'agence de colonisation et ses correspondants ont continué à composer les cadres de personnel pendant les premières installations. L'opération primitive se répète maintenant par l'emploi des forces coloniales acquises, et ainsi de suite.

Chaque établissement se constitue en conséquence par deux contrats de l'agence de colonisation,

L'un avec les préparateurs du terrain;

L'autre avec les nouveaux colons qui viendront s'en emparer.

Tel est le premier terme de notre développement, c'est-à-dire la première approximation de l'objet et de son mécanisme d'exécution.

Toute générale qu'elle soit encore, cette expression est déjà arrêtée. Ce n'est qu'une esquisse, mais une esquisse qui marque les traits essentiels et fondamentaux du plan. L'approximation en second degré s'obtiendra par un examen justificatif et un dessein déjà plus précis de ces traits d'ensemble.

VI

2° Approximation.

Caractère de la fondation. — Vous remarquerez d'abord que, bien que présentée à l'initiative des éléments phalanstériens, la réalisation proposée n'est point exclusivement celle de leur objet propre et spécial, elle est plus générale et contient celle-ci sans doute; mais elle contient aussi la faculté d'expérimentation et de vérification pratiques, offerte à toute autre doctrine progressive, sous sa responsabilité personnelle et à ses risques, dans la sphère, toute indépendante, de ses propres affaires.

Cette proposition ne dit pas aux phalanstériens : venez faire au Texas la première expérience du mécanisme sériaire : arrivez; nous nous constituons sociétairement et nous fondons le Phalanstère.

Si la proposition nous enfermait dans ce cercle, j'estime qu'elle serait plus qu'imprudente, et substituerait à la certitude d'un succès de sérieuses chances de revers.

La proposition dit aux phalanstériens : Fondons au Texas une société titrée en foi sociale progressive, par les idées et les éléments vivants qui s'y donneront rendez-vous, mais qui s'occuperont avant tout de la prise de possession d'une nature amie et féconde, dans les conditions pratiques les plus favorables au développement rapide de la richesse virtuelle de celle-ci, et qui demanderont ensuite à cette prospérité les moyens de mettre leurs idées en expérience.

Ainsi, quoique le but ultérieur et spécial des phalanstériens soit bien l'expérimentation de leur procédé social, ceux-ci, — et je donnerais un conseil analogue aux représentants de toute autre conception systématique nouvelle, — doivent bien se garder de vouloir employer, d'emblée et de détermination préconçue, le régime phalanstérien, qui est leur but, comme moyen de la colonisation.

La génération logique des choses exige d'abord la colonisation par les meilleurs moyens pratiques, ce qui implique l'éloignement de tout système préconçu, d'où pourrait résulter gène de liberté et, par suite, entrave à l'activité des éléments colonisateurs. Elle n'appelle que postérieurement l'objet spécial de chaque doctrine progressive, c'est-à-dire l'expérimentation de son procédé social particulier, par le concours des éléments propres de chacune de ces doctrines,

et de quelque façon que ceux-ci se soient établis primiti-
vement

Ainsi le caractère de la proposition générale et primordiale
est facile à saisir. Il s'agit de créer, sur un théâtre où toutes
les ressources de la nature s'unissent à de très-heureuses circonstances économiques, un vaste champ d'activité sociale;
d'y assurer d'abord la prospérité collective, non pas en débutant par des innovations et des expériences, mais en y
important et y combinant, dans des conditions de pré-
voyance et de solidarité pour l'ensemble en même temps
que de pleine liberté pour l'action individuelle, les instruments éprouvés, les connaissances et les procédés techniques
déjà créés et usités ailleurs; et de le consacrer champ général d'asile et de libre épanouissement *ouvert à la pensée progressive de l'humanité*, repoussée, étouffée et vilipendée
sous le nom de Socialisme par le vieux monde.

Cette conception, pour être plus large que la seule fondation d'une expérience du régime sociétaire, n'en est que
plus phalanstérienne, c'est-à-dire plus conforme aux principes supérieurs de notre doctrine, au but souverain qui a
été le mobile constant de l'activité morale et du dévouement
religieux de notre École, la recherche inconditionnelle du
bien de l'humanité. Elle est d'ailleurs l'application formelle
de la théorie des conditions scientifiques et positives du progrès social, que l'École a la gloire d'avoir introduite, la première, dans le domaine des idées, et qu'elle conquiert ici la
gloire non moins grande d'incarner dans celui des faits.

Nous créons un champ d'expérience pour nos propres
procédés de réalisation du progrès, et nous ouvrons ce champ
aux idées rivales; nous convions toutes les doctrines orga-
nisatrices à venir y faire, comme nous, leurs preuves au
profit de l'humanité. Je le répète, cette conception est
grande, elle respire l'amour inconditionnel du bien, et
porte un témoignage non moins formel de l'élévation de
notre sentiment religieux que de la solidité de notre foi so-

ciale. J'ajoute enfin que comme voie pour atteindre notre expérimentation propre ; elle est incontestablement la plus sûre, par cela précisément qu'elle est la plus libérale, la plus noble et la plus large. Nous aurons plus loin l'occasion d'en déduire les preuves.

Conservation du but social. — Quant à la conservation du but de la fondation, il est évident que sa garantie est toute entière dans l'impulsion initiale de la conception, et dans les idées et les volontés des forces vives qui se réuniront sur le champ d'activité. Elle ne saurait être ailleurs.

Il n'y a pas d'autre manière de mettre une idée au monde de la réalité, que de munir les intelligences et les volontés qu'elle a conquises, des facultés et des moyens pratiques nécessaires à sa réalisation. Une doctrine ne devient une institution que par la spontanéité des intelligences qu'elle a enrôlées. Une foi ne s'incarne et ne se crée sa forme que par l'activité volitive et créatrice des siens.

Amener l'idée sur un libre champ de réalisation, lui donner les moyens de produire rapidement elle-même, sur ce champ, la substance indispensable à la construction progressive de sa forme propre, de l'organisme tangible et visible dont elle est le prototype, c'est mettre l'âme en création du corps auquel elle aspire.

Acquisition des terres. — Quelques mots sont nécessaires sur cette première fonction de l'agence de colonisation, aussi bien que sur la seconde. Il s'agit de l'étendue des acquisitions primitives.

Les raisons qui commandent une acquisition considérable ont été déjà implicitement ou explicitement exposées. D'abord il est clair qu'il y aurait folie caractérisée à concevoir et à commencer une opération destinée à amener, sur des points donnés, des capitaux, un mouvement, une vie et une population qui élèveraient immédiatement, sur les zones

ambiantes des plus-values considérables, et à laisser béné-
volement la spéculation étrangère s'emparer de ces valeurs
qu'on aurait créées soi-même.

En l'état, cela ne constituerait pas simplement un man-
que-à-gagner fort absurde, ce serait en outre une gêne, une
entrave sérieuse, un rempart qu'on élèverait ainsi contre son
propre développement; car la localisation des premiers établissements ne serait pas plutôt faite, que la spéculation
étrangère s'emparerait bien vite des terres environnantes.
De telle sorte que l'on se serait enfermé ainsi dans une cir-
convallation d'autant plus forte contre soi, qu'on développerait plus de vie et de prospérité soi-même à l'intérieur.

Le but général de l'œuvre, et la raison d'affaire et de conduite pratique, sont donc parfaitement d'accord pour réclamer une assez large acquisition de terres pendant que celles-
ci sont encore, somme toute, à très-bon marché.

Et d'ailleurs, quel danger y a-t-il à une telle acquisition?
Ne fit-on rien sur ces terres, la plus-value les aurait bientôt
atteintes avec le peuplement croissant du pays et le flot
montant des affaires. Le prix des head-rights, quadruplé dan
les cinq dernières années et croissant chaque jour, montre
assez que, ne fût-ce que comme pure spéculation, l'acquisition de terres convenablement choisies au Texas ne serait
déjà pas un placement à dédaigner. — Concluons donc
dans le sens déterminé par ces motifs décisifs.

Préparation des terres. — Cet objet est très-important.
C'est, en effet, faute d'avoir tenu compte de la nécessité
absolue de cette fonction, — la préparation locale antérieure
à l'installation des premiers essaims de la colonisation, —
que tant d'entreprises, inaugurées sous les auspices de l'espoir et même de l'enthousiasme, mais dirigées par l'illusion,
l'ignorance et l'imprévoyance, sont tombées misérablement.

Amener un noyau de colons et particulièrement de colons
européens, sur un terrain vierge, sans dispositions préalables,

c'est, dans la plupart des cas, avoir préparé tout au moins la dispersion des éléments dont il se compose, et souvent un désastre. Au Texas, il est vrai, la dispersion des éléments ne serait pas, aujourd'hui, leur perte; ils trouveraient à se tirer d'affaire, et se pourraient caser personnellement. L'entreprise collective et son but n'en seraient pas moins manqués.

L'écueil que je signale ici est connu. Les annales de la colonisation moderne sont si instructives à cet égard, et les raisons de l'absurdité qu'il y aurait à transplanter des éléments tirés d'une civilisation, au milieu du désert, en leur demandant d'y improviser leur établissement, sont si faciles à trouver, que je me dispense de déduire des preuves à cet égard. Chacun de nous acceptera d'emblée, en principe, la nécessité de la préparation antérieure.

La règle est, ici, que les éléments colonisateurs doivent trouver, à leur arrivée, une vie *au moins égale*, en conditions élémentaires d'existence et de bien-être, à celle qu'ils auront quittée, plus l'espoir, fondé en motifs positifs et palpables, d'une amélioration rapide. Ceci est une condition fondamentale. Monter le dévouement, exalter l'enthousiasme pour leur demander une victoire qui semble facile à une excitation momentanée, c'est tendre à l'excès ses ressorts, courir dix-neuf chances sur vingt de les briser, et, au moins mal qu'il puisse arriver, avoir usé ses forces et son énergie d'avance.—Calculons hardiment nos avantages, ne craignons pas de spéculer sur des données formelles et positives; mais gardons-nous de rien fonder sur la brume dorée des illusions.

Le plan étant arrêté dans ses bases, ses principes principiants et ses contours, nous allons en serrer de plus près l'objet en poursuivant l'opération.

VII

Détermination des valeurs définitives.

Il résulte évidemment de la nature de la méthode à laquelle nous demandons les termes successifs de notre développement, que chacun de ceux-ci s'obtient à l'aide d'une valeur plus approchée de quelqu'un des facteurs de l'expression générale. Aussi est-ce en nous occupant de l'un de ces derniers, — le premier noyau colonial, — que nous continuerons à marcher vers la solution.

Il est facile de voir que ce facteur est capital. C'est à ce point que si l'on suppose un premier établissement fondé et en activité, au sein des conditions générales précédemment indiquées, le problème tout entier est résolu, c'est-à-dire que l'œuvre colonisatrice se développe désormais d'elle-même.

Ce premier établissement, en effet, quelle qu'en soit la constitution, — dont nous n'avons pas encore à nous occuper, — accomplit naturellement, par le seul fait de son existence, deux fonctions qui suffisent désormais à l'alimentation, à l'accroissement et au développement spontané de la société nouvelle dont il est l'embryon. Ces deux fonctions résultent de la *capacité réceptive* que ses facultés d'expansion et d'élasticité, pour ainsi dire illimitées, lui donnent, et de l'existence des *lignes de communication* qu'il a déjà dû nécessairement se créer.

Effectivement ces lignes, au moyen desquelles il communique de plus en plus régulièrement et facilement avec les rivières navigables et les artères de la circulation extérieure, offrent désormais, aux éléments de l'immigration, un arrivage sûr, aisé, économique, qui n'a plus rien d'indéterminé ni de pénible. Amenés par bateaux à vapeur aux ports de rivière les plus voisins de l'établissement, ou, un peu plus tard, au débarcadère d'un chemin de fer, les nouveaux arrivants montent dans les voitures de la colonie, qui les attendent, et sont transportés sur les lieux, sans avoir le moindre embarras à redouter ni le moindre souci à prendre pour eux-mêmes ou pour leurs bagages et leurs effets mobiliers. Ils peuvent, dès leur arrivée à New-York, à la Nouvelle-Orléans, dans un port européen ou même à Paris, s'en remettre, complétement déjà, du soin de tout ceci, à l'agence de la colonie. Ils n'auront qu'à se faire reconnaître et à se munir d'un billet pour tout le parcours. Le voyage se fera à la manière usitée aujourd'hui pour les tournées de Paris à Londres, ou sur les bords du Rhin et retour par la Belgique, connues sous le nom de trains de plaisir. Tout cela est simple et ne réclame pas d'autre éclaircissement. Le pont est établi, les passages sont faciles et les arrivages régularisés.

Pour peu que vous réfléchissiez maintenant aux conditions d'élasticité du premier établissement, à l'étendue des terres dont il dispose, au climat du lieu, à la facilité d'improviser des constructions dès qu'on a des bras et quelques scieries mécaniques en activité (sujets que nous examinerons de plus près ultérieurement); vous reconnaîtrez bien vite que ce premier centre est parfaitement apte, dès qu'il est constitué, à recevoir les nouveaux arrivants, à les loger, à les héberger et à leur offrir immédiatement des travaux productifs dans ses industries, ses ateliers, son agriculture et ses affaires, soit que ces éléments dussent s'y attacher et s'y caser, soit qu'ils n'y dussent faire qu'un séjour provisoire en attendant que des établissements plus conformes à leurs convenances, conçus et élevés à leur guise, à la préparation desquels ils pourraient concourir eux-mêmes, soient prêts à les recevoir.

Pour rester fidèle à la méthode de déduction rigoureuse et d'exposition logique et progressive qui nous guide, je ne développerai pas davantage en ce moment la double idée que je viens de toucher. Il suffit, pour l'instant, que son importance principiante et sa valeur génératrice soient

7

bien comprises. Or, je ne pense pas qu'aucun de ceux à qui ceci s'adresse puisse se méprendre à cet égard. Tous, en effet, vous avez l'esprit assez exercé dans la science qui nous a donné la clef des choses vraies, des lois générales de la nature, pour avoir parfaitement reconnu le caractère de l'œuvre qui nous occupe.

Cette œuvre c'est la création d'un être vivant.

Cet être est une société, et les conditions successives que nous dégageons ne sont elles-mêmes que celles de la formation progressive des organismes naturels. Nous avons à faire de l'embryogénie sociale, en nous conformant aux lois connues de l'embryogénie physiologique.

Nous avons procédé par l'acte de la conception qui donne à l'être en création l'impulsion vitale initiale, lui confère son titre caractériel et son âme formatrice. Nous l'avons pourvu d'un appareil excitateur et d'un cerveau embryonnaire (l'agence de colonisation) ; nous avons reconnu la nécessité de lui préparer un milieu d'incubation ; et nous avons vu ces données de la vie élémentaire nous conduire, par la logique de leurs tendances naturelles, à la constitution d'un organe de nutrition armé d'un appareil de communications, au moyen duquel il tirera de l'extérieur la substance alimentaire, dont il s'assimile une partie pour son propre accroissement, distribuant le reste aux autres organes à créer ou à développer autour de lui.

VIII

Je ferai ici une remarque dont il y aurait à tenir compte si l'on voulait entrer dans les détails de la loi embryogénique. Pour ne point s'égarer dans cet ordre de considérations, auquel je ne crains pas d'attribuer une très-sérieuse valeur pratique, — quelque peu de cas qu'en puissent faire ceux qui croient qu'une certaine routine intelligente et un empyrisme plus ou moins clairvoyant constituent le véritable esprit pratique, — il faut observer que la nature, qui est toujours analogue dans ses voies, n'est jamais identique, et que, dans le cas qui nous occupe, un embryon social diffère d'un embryon individuel comme l'ordre composé diffère de l'ordre simple.

Ainsi l'embryon animal se nourrit et s'accroît, voilà tout; ses fonctions extérieures et actives ne commencent que postérieurement à la naissance. Au contraire, un embryon social, tel que celui dont nous nous occupons, n'est encore qu'embryon par rapport à lui-même, par rapport au développement à peine ébauché de son organisme ultérieur, que déjà il fonctionne activement à l'extérieur. — C'est qu'ici les monades intégrantes, au lieu de n'être que de la substance élémentaire, sont déjà de la substance à haute prépondérance d'intelligence et d'activité, des êtres humains.

Telle est l'observation dont la méconnaissance frapperait d'erreur ou de stérilité toute tentative d'application des lois physiologiques de l'embryogénie à la création progressive de l'être social. Le procédé formateur, la loi générale du développement de la vie se continue sans doute dans cette dernière création, mais en se développant elle-même et en changeant d'ordre, les éléments par lesquels elle agit relevant désormais de l'ordre composé et non plus de l'ordre simple. Tout phalanstérien un peu versé dans la philosophie de la science saisira parfaitement la portée de cette observation, que je ne suivrai pas dans des développements auxquels il faudrait un volume. — Je prendrai toutefois occasion de ceci pour dire que la connaissance des lois vraies de la vie, — si dédaignée sous le nom de *théorie* par certaines médiocrités intelligentes qui se décorent du nom d'esprits pratiques, — est la première condition de l'esprit pratique supérieur.

Et tenez pour certain que nous réussirons, nous, par la connaissance de ces lois, là où ces prétendus esprits pratiques, avec tout leur savoir-faire, échoueraient misérablement. S'ils avaient à poursuivre l'accomplissement d'un projet tel que celui-ci, ils courraient grand risque de voir l'entreprise s'évanouir sous leurs yeux, comme la fumée de la prairie au souffle du northern. Je défie hardiment tous les faiseurs de la civilisation, et les hommes dits pratiques les plus éclairés eux-mêmes, avec leurs connaissances que je ne dédaigne pas, leurs chiffres exacts et des capitaux qu'ils réuniraient plus facilement et plus abondamment que nous; je les défie de fonder, en fait de colonisation, autre chose que du morcellement, et en général encore de réussir cela plus d'une fois sur vingt.

Ce qu'ils ont et ce qu'ils savent, en effet, ne suffit pas; il faut encore quelque chose qu'ils dédaignent.

Une fondation sociale, une colonisation d'ensemble, ne peut réussir d'emblée que par une idée commune, une foi commune, et mieux encore, par une foi commune jointe à la connaissance des lois des développements naturels de la vie. — En tout autre cas, elle échoue. Dans les contrées favorisées, les éléments se dispersent. Ils peuvent prospérer individuellement sans doute, mais l'entreprise collective s'est évanouie. Sous une nature rigoureuse, ils meurent; et ce n'est qu'après plusieurs assauts repoussés avec perte que, vaincue à la longue, une telle nature se laissera prendre.

IX

Nous avons déterminé les conditions générales de l'œuvre, et ébauché la notion de l'appareil embryonnaire au moyen duquel l'être s'accroit et grandit opérant désormais, de lui-même, la transformation de ses organismes primitifs en organismes de plus en plus élevés, jusqu'à sa constitution définitive ou *état parfait*. — Nous avons donc nos bases, et il ne reste qu'à continuer les déductions.

L'impulsion initiale, le germe caractériel et les autres conditions primordiales de l'œuvre étant donnés, nous savons déjà, d'une certitude logique qui deviendra bientôt une pleine évidence, que le développement général dépend d'une seule chose : la création d'un organe propre à remplir les fonctions de l'alimentation.

Nous savons en outre que cet organe, qui suffira au développement ultérieur, réclame lui-même, pour son incubation et sa propre formation, la préparation d'un milieu convenable.

Évidemment, dès lors, tout se réduit à ces deux problèmes :

1° Que doit être ce milieu embryonnaire?

2° Que doit être ce premier organe?

Nous obtiendrons facilement réponse à ces deux questions.

I. DÉTERMINATION DU MILIEU PRÉPARATOIRE.

Pour savoir ce que ce milieu doit être, nous n'avons qu'à nous demander quelle fonction il est destiné à remplir, quels agents doivent l'exécuter, et quel doit être le mode de l'exécution.

X

Fonction.

Cette fonction consiste à recevoir, à abriter et à main tenir dans une solidarité d'ensemble, les éléments appelés à former le premier organe, et à leur fournir les conditions nécessaires à l'*arrangement spontané*, d'où résultera, ainsi que nous le verrons plus tard, la constitution naturelle de cet organisme.

Ces éléments seront les premiers colons européens et américains.

Or et de toute évidence déjà, pour que cet arrangement soit facile à ceux-ci, pour qu'il constitue un germe fort et robuste, il est essentiel que ces éléments intégrants ne soient pas gênés et entravés par des nécessités étrangères au travail de leur combinaison sociale, soumis à des besoins impérieux aux pénibles et décourageants décrets desquels il faudrait avant tout obéir, et dont les irrésistibles tiraillements entraineraient bientôt la disjonction et la dispersion des éléments, ou imprimeraient tout au moins un fâcheux caractère de faiblesse originelle à la constitution de l'être collectif.

Le principe qui dicte les conditions préalables à l'établissement des colons proprement dits, a donc été déjà posé; nous ne faisons, en ce moment, que le retrouver, et nous le développerons immédiatement en déduisant et en circonstanciant comme suit :

A leur arrivée sur le terrain les éléments colonisateurs doivent trouver :

A) *Des abris* tout prêts à les recevoir et construits de façon, non-seulement à leur offrir un degré de confort général déjà suffisant, mais encore à satisfaire à la variété des convenances individuelles ;

B) Un système intégral de *bases alimentaires*, fondé et économiquement établi, ce qui suppose, — outre certaines facilités d'approvisionnement, — des magasins suffisamment pourvus, des cultures en plein rapport, des champs ensemencés, des jardins garnis, et tout un cheptel de bétail, de porcs, de moutons et d'animaux de basse-cour; plus, les machineries et ateliers nécessaires à la transformation des matières premières en objets de consommation quotidienne; — moulins, fours, cuisines et ustensiles y ayant rapport.

C) Un approvisionnement, facile à entretenir, des matières premières nécessaires à la *confection des vêtements*, chaussures, etc.

D) En sus de ces trois conditions indispensables à la conservation et à l'entretien confortable de l'existence matérielle des premiers colons, le milieu qui les reçoit doit leur offrir encore les dispositions propres à employer immédiatement et productivement leur *activité* et leurs principales facultés *industrielles.* — Visiblement, les objets réclamés par cette dernière condition sont contenus, en grande partie, dans les précédentes. En effet, l'extension de l'agriculture, les travaux domestiques, les industries de première nécessité (taille, couture, charronnage, forge, etc.) travaillant pour l'intérieur et bientôt pour l'extérieur, emploieront la plus grande somme d'activité des premiers arrivants, qui auront dû être choisis, d'ailleurs, en raison de leurs aptitudes à ces industries élémentaires. — La dernière condition ne saurait donc réclamer, en sus des précédentes, que certains ateliers, certains instruments de travail et quelques approvisionnements spéciaux.

Y) Ces quatre ordres de besoins fondamentaux supposent cumulativement un premier *organisme commercial*, tant pour l'écoulement des produits intérieurs, que pour l'entretien de tous les approvisionnements en objets qui ne sont pas encore créés sur le terrain.

XI

Agents et mode d'exécution.

Le mode de préparation du milieu est aisé à déterminer. Il est évident, en effet, que les agents naturels de l'opération sont les individus dont l'aptitude à la fonction est prouvée par le fait qu'ils la connaissent, qu'ils 'ont pratiquée et déjà heureusement remplie.

C'est dire assez que les chefs naturels des opérations pré-

paratoires sont des Américains exercés à ces prises de possession de la nature vierge, rompus à ces travaux de pionnier et d'avant-garde. — Nous avons, dans nos amis de
l'Ouest, des hommes aussi capables que résolus, qui ont fait
leurs preuves en ce genre, et qui sont prêts. Ils n'attendent
que le signal. L'attaque sera sous leur direction.

Voilà les chefs. Quels seront les soldats? — Les individus employés en Amérique dans des circonstances analogues.

Lorsque l'on a à faire un canal, un chemin de fer, ou
quelques travaux du même genre, en Amérique, on y emploie des émigrants irlandais ou allemands, qui n'ont pas
encore amassé le pécule au moyen duquel ils peuvent s'établir à leur compte. Ils sont engagés pour un temps donné et
à des conditions convenues.— Plusieurs raisons décisives militent ici pour l'emploi d'émigrants allemands, de préférence
aux Irlandais.

Ainsi, des Américains exercés et compétents réuniront,
au mieux et au plus près, des travailleurs convenablement
choisis, passeront avec ceux-ci des engagements conformes aux lois et us du pays, et les conduiront sur le terrain.

Les plans des défrichements et des constructions étant
arrêtés, l'exécution leur appartient. La transformation de
la prairie en champs de grande culture et en jardins, les en-
tailles à pratiquer dans la forêt, les éclaircies, les coupes
de bois et l'élévation des bâtiments sont leur affaire.

Des scieries mécaniques à vapeur et un moulin, pris de
toutes pièces à Cincinnati ou à Pittsburg, sont d'abord
montés sur les lieux.

Entre-temps, des troupeaux de vaches, de cochons, de
moutons, de juments, un premier cheptel enfin est installé
sur les terres. Il suffit de lui livrer la prairie et la forêt, pour
qu'il croisse et multiplie rapidement.

Tout cela est connu, pratiqué, et, avec les agents appropriés, marche de soi-même.

Durant cette phase, cependant, il faut, exceptionnelle
ment déjà, quelques éléments européens, notamment au
moins deux pépiniéristes, l'un pour les arbres fruitiers, l'autre
pour la vigne, plus un jardinier; et bientôt un ou deux ber-
gers de Lorraine, de Hongrie ou du Nouveau-Mexique, avec
leurs chiens, habitués à la manœuvre et à la surveillance des
très-grands troupeaux.

De ces différentes spécialités, les trois premières surtout
seraient nécessaires à la bonne conduite des débuts de l'œuvre exécutive. D'autres éléments européens pourraient rendre de grands services sans doute, mais je ne fais encore
qu'un état de minimum.

Jusqu'ici donc pas de difficulté. Avec les capitaux nécessaires et les agents que l'on trouvera en Amérique, la
première opération sera conduite à terme. Abordons la seconde question.

II. DÉTERMINATION DU PREMIER NOYAU DE LA COLONIE.

Bien que d'un aspect plus compliqué et réclamant un
développement moins réduit, ce troisième problème ne nous
embarrassera guère. Nous n'aurons, comme ci-dessus, qu'à
analyser les termes, interroger les principes naturels et enregistrer les réponses.

Et, d'abord, envisageant la question, nous la voyons se
subdiviser sur le champ d'elle-même. L'établissement du
premier centre de population, en effet, doit présenter des
phases successives dans sa formation, et il est clair que nous
n'avons pour le moment à nous occuper que de la première.

Cette division spontanée du sujet nous donne donc un
premier problème qui se formule en ces termes :

Quelles sont les conditions théoriques, ou si l'on veut, les
vraies conditions pratiques réclamées pour la construction
de la phase initiale du premier centre, la préparation du
milieu qui le doit recevoir étant supposée accomplie ?

Nous déterminerons rigoureusement ces conditions par notre méthode, en cherchant successivement les expressions :

1° De la fonction de cette phase;

2° De la nature de ses éléments intégrants;

5° Des besoins de ceux-ci;

4° Enfin, du mode d'organisation de l'établissement.

XII

CONSTRUCTION DE LA PHASE INITIALE DU PREMIER NOYAU

Détermination de la fonction.

L'objet du premier centre, nous l'avons déjà vu, sera double ou d'ordre composé : il aura à pourvoir à son propre développement intérieur, et à opérer promptement comme agent de colonisation ambiante.

Ces deux objets généraux du premier organe s'accordent pour indiquer la fonction de sa phase initiale comme devant être, tout spécialement, la création abondante de la matière première et nutritive, nécessaire avant tout au développement de l'établissement lui-même et à celui de la colonisation.

Ils imposent donc, conformément à la loi embryogénique, la prépondérance initiale du système physique, et réclament une production presque exclusive de la substance propre à la formation musculaire des organes destinés à l'exercice des fonctions ultérieures de la vie sociale, depuis les plus élémentaires jusqu'aux plus élevées. — C'est aux besoins matériels qu'il faut, avant tout, pourvoir.

Nous écrivons donc que la *constitution régulière du système des bases matérielles* de la vie sociale, — intérieure ou extérieure, — est la fonction spéciale et naturelle de la phase initiale. Cela n'a pas besoin d'autre démonstration.

XIII

Détermination des éléments intégrants.

Elle se déduit immédiatement de la fonction par la simple constatation des aptitudes que celle-ci réclame. Nous formulerons donc cette facile détermination des éléments de base de la phase initiale, en ces termes :

La composition de la population, au début de la phase initiale, doit offrir une grande proportion d'éléments aptes aux *travaux agricoles*, — création des matières premières; — et accroitre, bientôt après, celle des travailleurs propres aux opérations des *arts, métiers et industries dites de nécessité*.

Mais, sera-t-on tenté de s'écrier, c'est bien simple, et il n'est pas besoin de méthodes mathématiques et d'appareil scientifique, pour trouver des conditions d'exécution que le bon sens indique suffisamment.

Sans doute, dirai-je à mon tour, c'est très-simple. Et cependant, me permettrai-je d'ajouter, comment se fait-il que ces choses si simples soient toujours méconnues?

Comment se fait-il que tant de tentatives de colonisation aient échoué misérablement, pour n'avoir pas suivi seulement les règles si simples déjà déterminées?

Comment se fait-il, enfin, que presque tous ceux qui viennent causer avec moi du Projet dont je m'occupe, se figurent, sans songer à en faire seulement l'objet d'un doute, que l'on va débuter par attirer et par emmener immédiatement, sur les lieux, les éléments disposés à goûter l'entreprise et prêts à répondre sur-le-champ à l'idée qui la conçoit et la propose?

Rien n'est plus simple et plus clair que les choses vraies, exprimées et déduites dans leur ordre naturel et scientifique. C'est une raison déjà de suivre cet ordre rigoureux, pour analyser et débrouiller des questions complexes et des conditions progressives. Mais une raison bien autrement puissante, prenez-y garde, c'est qu'une méthode rigoureuse peut seule donner aux révélations du bon sens, aux indications de l'instinct, valeur de règles, de lois impératives, de conditions formelles de succès, que les instigateurs et les coopérateurs de l'œuvre prennent fermement dès lors la résolution d'observer, et auxquelles toutes les volontés acquises au concours sentent et acceptent elles-mêmes la nécessité de se soumettre d'un commun accord.

Que d'exemples ne citerait-on pas où, faute de cette rigueur de la méthode, les indications plus ou moins confuses du bon sens, à travers les contours mal arrêtés desquelles pénètrent si facilement d'ailleurs les illusions, ont abouti à de graves échecs, à de tristes avortements ou à de pleins désastres!

Rappelez-vous seulement la grande émigration parisienne de 1848, dirigée en confusion par le gouvernement de la République sur l'Algérie; l'émigration phalanstérienne de 1842 pour le Brésil; l'expédition communiste envoyée en en 1847 par M. Cabet, sous le titre de première avant-garde, à la fondation de l'Icarie, et tant d'autres!

Il n'y a pas jusqu'à la N. A. Ph. qui, quoique dans des conditions fort différentes d'une colonisation *out of civilisation*, ne doive, en partie, la faiblesse de sa constitution, à des péchés d'origine commis contre ces règles si simples, notamment à l'emploi de ses éléments intégrants à des préparations pénibles qui en ont usé les forces, et à la proportion beaucoup trop faible, dès le début, de l'élément agricole et des industries de première nécessité.

Cette même faute, commise contre le dernier des principes que nous venons d'enregistrer, eût motivé à elle seule

l'avortement d'une autre tentative phalanstérienne, en Amérique, l'établissement de Brook-Farm. On citerait de pareils
exemples par centaines.

Ne rejetons donc pas comme superflu l'emploi de la méthode qui fait notre sûreté, et continuons nos déductions,
nous gardant bien d'en dédaigner le fil conducteur. — La
nature des éléments intégrants de la phase initiale étant déterminée, en premier degré du moins, passons au troisième
facteur.

XIV

Détermination des besoins des éléments.

Ces éléments étant des hommes, et en outre des hommes
animés d'une foi générale, nous posons, sans préambule,
que leurs besoins sont de trois ordres, physiques, moraux et
intellectuels, plus ceux afférents au ressort pivotal, foi, unitéisme.

M) *Les besoins matériels* sont amplement pourvus par les
préparations antérieures à l'arrivée de la première population coloniale, par sa propre composition principalement
titrée en aptitudes créatrices des objets de ces besoins, et
par le système des communications commerciales, ébauché
avant sa réunion et assez fortement développé déjà par le
fait de son transport sur les lieux.

M .a) Notons, toutefois, que l'entretien de la santé, le développement de la vigueur et de l'équilibre des facultés physiques de la population, réclament l'organisation d'une *gymnastique composée*, dont les rudiments ne doivent pas être ajour-
nés, et qui contiendra la gymnastique proprement dite, l'équitation et la natation. — L'équitation est d'ailleurs un art
avec lequel la population sentira promptement, sur les lieux,
la nécessité de se familiariser. On ne circule guère à pied
dans les prairies et les forêts du Texas.

N) *Les besoins intellectuels*, n'eussent-ils encore été que peu développés dans la masse de cette population, doivent y être immédiatement excités dans la triple vue de commencer le travail de son raffinement, de lui créer des jouissances d'un ordre élevé, et de l'attacher plus fortement, par l'esprit, à une œuvre où elle a été attirée plutôt par des motifs de sentiment, des aspirations et des intérêts, que par des faits spéciaux au domaine intellectuel.

Avant tout, l'étude réciproque des deux langues principales, l'anglais et le français, mise à l'ordre du jour et organisée en écoles rivales, devra être de ton collectif. Il faudra en outre des cours élémentaires et un enseignement approprié, dans les deux langues; plus un noyau de bibliothèque et des salons de lecture. — La population particulièrement agricole et ouvrière de la première phase, devra se sentir tout de suite relevée en dignité et en ambition noble, par les facilités et les encouragements qu'elle trouvera à la culture de son intelligence. Tel est le principe.

P) *Les besoins moraux* sont de deux genres, ceux des affectives et ceux des distributives.

Les uns et les autres se satisfont par des faits de relations sociales et par des faits artistiques.

Leur exigence commune veut qu'il soit pourvu, dans une certaine mesure déjà, aux plaisirs sociaux; elle demande des salles de réunions, des jeux, des danses, de la musique, un café, les amusements publics que la civilisation sait elle-même créer; un commencement d'éducation et de jouissances artistiques; des fêtes; enfin, l'introduction du luxe collectif et la première ébauche d'une scène théâtrale aussitôt que possible. — La culture collective de la musique est aussi pressante ici que celle des champs et des jardins.

Mais ce que ces besoins exigent avant tout, c'est la liberté. Or, cette liberté, pour ne pas rester un principe abstrait, pour n'être pas seulement *le droit* mais bien *la faculté* de vivre à sa guise, réclame des dispositions capables de se prêter à tous les genres de vie qui pourront être dans les convenances privées de chacun des éléments de la population, individus ou familles. Notons ce principe cardinal que nous ne tarderons pas d'ailleurs à retrouver.

X) *Exigences de l'unitéisme.* Malgré la prépondérance de force musculaire que sa composition présente, la population de première phase n'en apporte pas moins une virtualité d'unitéisme, une puissance de foi sociale qu'il importe au plus haut degré non-seulement de conserver et d'entretenir, mais encore de développer toujours et de satisfaire progressivement. Ses éléments, en effet, quoique plus spécialement voués à la pratique des travaux matériels, sont ceux qui, dans cette catégorie, ont répondu au premier appel de l'Idée génératrice de la société nouvelle. S'ils sont venus avec le désir légitime et l'espoir fondé de trouver le bien-être, ils ont apporté aussi la notion d'un grand but social, le sentiment de la Solidarité humaine, la foi moderne de l'humanité.

Or, si l'objet définitif de ces nobles aspirations ne peut être immédiatement construit, il faut du moins qu'immédiatement celles-ci trouvent à s'exercer, à s'alimenter sur le champ qui leur est ouvert, et à s'y résoudre déjà en sources fécondes de vie sociale et de hautes jouissances.

Cette première culture de la virtualité supérieure qui nous occupe, veut évidemment être ouverte en mode composé, c'est-à-dire dans le domaine de l'idée pure, dans celui des faits matériels et dans le champ neutre ou de l'organisme. En conséquence :

X. a) Aux choses du premier domaine il est pourvu par l'organe propre de l'idée pure, c'est-à-dire par l'action régulière et périodique de la parole, du verbe. — Le dimanche est naturellement et plus spécialement consacré à l'élucidation collective du but social et de la foi commune, à l'éducation supérieure et libre de l'âme, des idées générales et des sentiments unitéistes ou religieux de la population.

X. b) Aux besoins du deuxième domaine, il est pourvu par

l'accomplissement d'actes d'unité matérielle , proposés à la masse, délibérés et collectivement acclamés par elle, et ayant pour objet certaines opérations d'utilité publique , de convenances générales ou d'embellissement social, exécutées unitairement et à titre de fonctions religieuses. Les éléments attirés au premier foyer de la colonisation gravitent fortement sur ces sortes d'actes, dont il faudra même modérer la durée et la fréquence, pour en ménager et en conserver, toujours bien tendus, les généreux ressorts.

X. c) Enfin il est pourvu au développement neutre de la même tendance par la création successive , proposée à la population, votée et librement exécutée par elle, des organes au moyen desquelles elle constituera progressivement sa propre Solidarité. — Ces organes seront, en général, des institutions de réciprocité , de crédit et d'assurances mutuelles, de garanties communes pour les cas d'infirmité , de retraite pour la vieillesse, etc.

On pourrait sans doute avoir institué tous ces organismes d'avance, au moyen d'une constitution préalablement établie et soumise à l'acceptation des immigrants avant leur arrivée sur les lieux. Tel serait même , aujourd'hui, suivant toute probabilité , le procédé de la plupart des plans socialistes conçus en vue d'une colonisation coopérative, qui ne se seraient pas astreints à la méthode scientifique de déduction qui nous guide si sûrement. Il est aisé déjà pourtant de reconnaître que ce serait une faute.

Ce serait une faute parce que les idées sociales et les intérêts des éléments attirés à l'œuvre , tendant fortement à ces institutions, on peut être assuré que, celles-ci étant proposées , elles seront réalisées par eux.

Or il est très-important que ces institutions aient leur origine dans des actes libres, spontanés, plutôt que de résulter d'une acceptation antérieure et passive. Elles n'en seront que mieux appropriées aux convenances formelles des éléments

qui les auront créées sur les lieux, en toute connaissance
de cause, et elles tireront de cette origine libre une autorité
plus morale et plus solide. L'œuvre successive de cette création, par la voie active, offre en outre un très-précieux exercice à l'éducation de l'autonomie, ainsi qu'à la culture des
instincts, des tendances et des facultés sociales de la population. Enfin ce procédé consacre, dès l'origine, le grand principe de la liberté réelle, effective et active, dont la garantie
fondamentale est l'une des conditions initiales du succès de
l'œuvre colonisatrice considérée dans son ensemble, dans ses
moyens de prospérité collective et dans son but social le plus
élevé lui-même; ceci ne tardera pas à être mis en pleine évidence.

XV

L'esprit de notre méthode nous conduit à reporter les
dernières valeurs obtenues, dans les expressions précédentes,
pour avoir, de celles-ci, une approximation plus exacte. Cette
opération exécutée sur les termes dont nous venons de nous
occuper, nous livre, complétement déterminée cette fois, la
composition du premier essaim qui doit en effet contenir:

1° Les éléments agricoles et ouvriers déjà reconnus
comme devant former la base de sa population, en correspondance avec les objets A), B), C), ci-dessus désignés;

2° Les éléments aptes aux fonctions réclamées par les
exigences des besoins individuels et sociaux de cette population, M. a), N), P.), X. a), X. b), X. c) et Y).

Telle est, très-nettement arrêtée maintenant, la formule
de composition de la population de première phase.

XVI

Détermination de l'organisme de la phase initiale.

L'énoncé de ce problème en révèle l'importance, et ici plus encore que sur tout autre point nous devons nous garder de l'arbitraire. Procédant rigoureusement, nous reconnaissons tout de suite que cette question se subdivise en deux autres : nous avons en effet à nous occuper de la forme ou de la constitution, comme on voudra dire, de cet organisme, et à en connaître le mode de développement, le procédé de formation.

Cette division nous livre déjà une solution importante. Nous reconnaissons dès l'abord, en effet, que si nous voulions, comme il semblerait peut-être logique au premier coup d'œil, arrêter la forme et en rechercher ensuite le mode de construction, nous courrions risque de nous jeter dans l'arbitraire.

Tel serait bien, il est vrai, le procédé logique d'une opération où l'on se proposerait de faire l'expérience d'une idée déterminée, dans l'ordre physique ou dans l'ordre social. Les éléments, dans ce cas, doivent être subordonnés au plan arrêté qui traduit l'idée, choisis pour le construire et pour jouer dans le mécanisme qu'il s'agit de vérifier. Les éléments sont, dans un tel cas, les moyens d'une expérience. C'est bien ainsi que nous avons toujours compris le système d'une épreuve pratique du procédé sociétaire.

Mais notre but, en ce moment, n'est pas de faire une épreuve, d'expérimenter un procédé social quelconque. Notre but est de créer un établissement qui subsiste, qui se développe, qui prospère et qui remplisse le mieux et le plus tôt possible les fonctions actives, internes et externes, auxquelles il est destiné. Soumettre cette création à toutes les difficultés et à toutes les inconnues pratiques d'une expérience, serait évidemment un assez mauvais moyen à choisir pour arriver au but.

Si bien que nous pouvons déjà poser en toute assurance cette première déduction, à savoir : Que la meilleure forme du premier établissement sera *sa forme naturelle*, c'est-à-dire celle qui résultera du jeu des libres affinités de ses éléments.

Nous sommes ainsi conduits à étudier en premier lieu les conditions de ce travail libre des éléments, en d'autres termes, à résoudre la question du meilleur procédé de formation, avant de connaître la forme *qui résultera*, et qui, *par cela même*, sera ce que nous cherchons, c'est-à-dire la meilleure de toutes.

Il appert donc que nous résoudrons cumulativement les deux problèmes, ou plutôt que nous arriverons à la connaissance de la forme probable, en étudiant les conditions d'une libre formation, la détermination de celles-ci étant seule importante.

XVII

Quel est le procédé de la nature ou de la vie dans la formation des organismes?

Le germe une fois déposé dans le milieu embryonnaire qui lui est propre, l'œuvre progressive de l'organisation n'exige plus qu'une alimentation convenable. En d'autres termes, sous la seule influence des impulsions initiales ou des germes, les affinités électives des éléments fournis par l'alimentation accomplissent le travail dont l'être sera le produit. — Tel est le procédé général de la vie. — Voyons maintenant nos données.

Notre milieu est préparé. Le germe, le principe générateur ou l'idée initiale et impulsive, représentée par l'agence de la colonisation, reçoit, dans ce milieu, la substance alimentaire convenable aux premiers développements de l'organisme, c'est-à-dire les éléments en attraction sur l'idée générale ou le but de l'œuvre, et possédant les aptitudes réclamées pour ses premières réalisations. — Voilà bien nos données.

Que faire donc pour la constitution de l'organisme voulu?

La réponse vient d'elle-même :

Laisser, dans ces conditions, aux affinités électives des éléments en présence, au libre jeu de leurs activités réciproques, le travail de cette constitution.

Le procédé formateur que nous cherchions est donc trouvé. Quelle organisation produira-t-il? Nous n'en savons rien, et nous ne le saurons d'une manière formelle que quand le résultat sera atteint. Nous pourrons seulement prévoir ce résultat et le déterminer, comme on le verra bientôt, entre certaines limites.

Mais ce que nous savons, dans tous les cas, c'est que nous aurons obtenu, par cette voie, un premier noyau social, institué dans les conditions de force, de santé et d'activité les meilleures relativement à l'état de ses éléments, et parfaitement capable de remplir sa fonction dans l'œuvre ultérieure de la colonisation, qui dès lors est assurée et devient facile.

XVIII

Ici, malgré la rigueur des déductions, je ne serais pas surpris d'entendre plus d'une voix dans l'Ecole s'écrier : « Quoi! on ne va donc pas viser à faire un Phalanstère! — Cette exclamation n'aurait rien d'étonnant, quand on songe que l'exécution d'une Phalange agricole et industrielle est le but que nous poursuivons depuis plus de vingt ans en commun, et que cet acte a toujours été, jusqu'ici, identifié dans nos esprits avec l'idée du premier mouvement, de la première concentration des forces de l'Ecole sur le terrain pratique.

Il n'y aurait donc rien d'étrange à cette manifestation de regrets et d'impatiences cumulés.

Je la trouve naturelle; et, bien que je puisse être en droit logique d'y répondre, en demandant seulement une lecture plus attentive de ce qui précède, j'aime mieux m'arrêter tout le temps qu'il faudra pour donner un plein apaisement à un sentiment excellent, qui dévierait ici dans un illogisme.

L'œuvre à laquelle je vous convie, amis, est grande, la plus grande, il ne faut pas craindre de le dire haut et ferme, qui se puisse concevoir et proposer; il ne s'agit de rien de moins ici, en effet, que de la fondation pratique de la catholicité libre et sociale de l'humanité dans le sens pur et primitif du mot *catholicité*, qui signifie concert universel.

L'École phalanstérienne, qu'on a cherché souvent à rabaisser au niveau d'une secte, était destinée, par le caractère souverainement large des sentiments dont elle a incessamment fait preuve, et par la nature omnicompréhensive des doctrines qu'elle a développées, à l'initiative glorieuse d'une telle œuvre. Il était dans la logique des choses que cette œuvre fût conçue par la pensée phalanstérienne, proposée aux éléments phalanstériens, et par ceux-ci entreprise. Et puisque ces éléments sont ainsi les organes naturels de cette initiative, l'intérêt supérieur du but, non moins que mes sentiments de confraternité envers tous, me fait une obligation de ne rien épargner pour obtenir un accord aussi parfait, une convergence collective aussi heureuse et aussi puissante que possible; il importe d'édifier toutes les âmes de bonne volonté.

Je reprends donc la question et je dis : Non, nous ne devons pas *nous proposer* de faire, du premier établissement, une Phalange. — Pourquoi? — Pour nombre de motifs décisifs.

D'abord parce qu'une telle visée violerait immédiatement, et par cela même bouleverserait de fond en comble le plan général que nous avons développé et dont chacun de nous, je n'en doute pas, a compris la grandeur, la valeur positive et la fécondité pratique.

Un tel début, en effet, substituerait tout d'abord un terme exclusif à un terme général. Au lieu de fonder le grand champ d'asile librement ouvert à la pensée progressive de l'humanité vivante, sous toutes ses formes, nous paraîtrions imprimer, dès l'origine, à la fondation, un caractère exclusif, que la liberté laissée à d'autres idées d'agir à côté de nous pour leur compte ne suffirait pas à détruire. Celles-ci seraient en disposition, sinon en droit, de craindre une pression en nous voyant subordonner ainsi, dès le premier acte, le but général à ce que l'on appellerait notre affaire particulière. On y voudrait voir la preuve d'un égoïsme de doctrine personnelle, et l'on en redouterait les conséquences.

Soit! répondra peut-être la foi phalanstérienne pressée à laquelle j'ai ici affaire. Qu'importe, après tout? nous déclarons le champ ouvert, nous convions les autres à venir y faire leur œuvre et nous y faisons la nôtre. Si les autres ne viennent pas, notre œuvre en sera-t-elle moins faite, et comme nous savons qu'elle contient la solution vraie de la question sociale, le problème de l'humanité n'en sera pas moins résolu.

Je pourrais répondre que cette expression était le droit de l'Idée phalanstérienne quand elle était seule; mais que sa propagation même ayant beaucoup contribué à changer l'état du monde, les circonstances ne sont plus les mêmes. Les vibrations qu'elle a imprimées à l'esprit humain, n'ont pas été pour peu dans la production des doctrines sociales qui ont poussé sur le champ intentionnel du progrès.

Or, l'école, inspirée en ceci par la largeur même de ses principes, tout en combattant les erreurs théoriques de ces doctrines, et sans se préoccuper des griefs que celles-ci ne lui ont pas toujours épargnés, non plus que de leurs tendances souvent bien différentes de son propre libéralisme, a toujours défendu leurs droits avec la même énergie que les siens propres, n'a cessé de les pousser toutes à la formulation de leurs principes, et de réclamer pour elles, aussi bien que pour sa propre conception pratique, le terrain de l'expérience.

Cette position élevée, que nous avons constamment maintenue dans le domaine de la discussion et des idées, est bonne. Elle est même l'expression supérieure de notre foi, puisqu'elle exprime non-seulement notre désir d'en expérimenter l'objet, mais encore celui de voir à l'œuvre, aussi, toutes les doctrines rivales.

Enfin, ce qui s'est rencontré peu communément avec une foi déterminée et positive puissante, elle porte un irrécusable témoignage, ainsi que je l'ai exprimé déjà, de l'amour inconditionnel de l'École sociétaire pour le progrès, le bien, l'humanité.

De telles idées, de tels sentiments mesurent une largeur intellectuelle et une grandeur morale qui ont leurs lois. Noblesse oblige. De semblables titres sont d'ailleurs des gloires dans le domaine de l'histoire et des forces dans la république des âmes. Je ne serai pas seul parmi nous à penser que ce ne sont pas là choses à dédaigner.

Or, pourrais-je répondre, ne serait-ce pas déchoir de cette haute donnée que d'abandonner le plan général par lequel nous en traduisons noblement le principe dans la pratique, pour vouloir nous hâter trop d'atteindre le but particulier à notre doctrine ?

XIX

Mais, ajouterai-je, serait-on bien sûr qu'en rapetissant ainsi l'acte dont l'initiative glorieuse s'offre à l'École sociétaire, celle-ci atteindrait plus tôt son but spécial ? Je ne le pense pas. Je ne le pense pas, d'abord, parce que, pour toute œuvre qui va au bien, le chemin le plus court est toujours le plus large; je ne le pense pas, ensuite, parce que les raisons pratiques abondent pour démontrer que cette hâte serait un procédé certain pour manquer son but, et la vraie manière de tout compromettre.

Ces raisons ne sont pas nouvelles; nous avons étudié pendant plus de vingt ans la question de la mise en expérience du mécanisme sériaire, et nous l'avons successivement dégagée de toutes les illusions qui en présentaient l'opération comme facile et allant d'elle-même.

Nous avons reconnu qu'une telle œuvre exigerait des conditions nombreuses, des éléments choisis, des tâtonnements répétés, et que pendant toute la durée de la construction du mécanisme, de l'essai des pièces, de leur jeu et de leurs engrenages, il serait nécessaire que l'œuvre fût abondamment pourvue et incessamment alimentée de tous les secours plus ou moins imprévus dont l'expérience quotidienne indiquerait la nature et le besoin.

L'étude de ces nécessités pratiques nous a occupés sans relâche. Vous savez tous à quelles conclusions elles nous ont conduits, et nulle question n'a été mieux élucidée dans l'École, parce que c'était en effet pour celle-ci la question suprême et décisive.

Or, si peu que l'on se remémore les conditions nécessaires à la conduite d'une telle expérience, qui peut songer à les rencontrer, fût-ce partiellement, sur le terrain, pour préparé qu'il ait été, où se rencontreraient les premiers éléments de notre colonisation?

La thèse d'une expérience en pays neufs n'est d'ailleurs pas nouvelle pour nous, et j'ai déjà rappelé au commencement de cet écrit par quelles raisons décisives nous répondions aux gens qui nous disaient : « Vous devriez aller faire votre phalanstère dans un pays vierge. » Nous n'avions pas de peine en effet à établir que si nous avions, réunis, les capitaux capables de nous fournir, en pays civilisé, les moyens de l'expérience, ils seraient loin de pouvoir mettre à notre disposition ceux qu'elle réclamerait dans un pays où rien n'existe, où tout est à créer et à faire.

Nous montrions, avec grande raison, que quand on a une œuvre déjà délicate et difficile en elle-même, il serait absurde de la compliquer de difficultés qui lui sont étrangères ; et nous concluions péremptoirement, dans le cas posé, qu'il serait insensé à nous de surcharger les problèmes à résoudre dans la première expérimentation d'un nouveau mécanisme social, des obstacles inhérents à celui d'une colonisation.

Or ces raisons, qui étaient justes alors, auraient-elles cessé de l'être aujourd'hui ? Les circonstances peuvent varier, les principes rationnels ne changent pas. On ne me verra pas, pour ma part, tenter de colorer en vrai, dans un intérêt actuel, ce qu'à une autre époque j'ai démontré être faux. Je sais cependant, malgré les efforts consciencieux faits pour les extirper, que les illusions en facilité de réalisation phalanstérienne ont encore des racines dans l'esprit de plus d'un parmi les nôtres, et que sur le riche domaine des données que je vous apporte, elles ne demanderaient probablement qu'à repousser. Loin de moi, néanmoins, l'habileté qui consisterait seulement à ne s'y pas opposer. Je tiens d'ailleurs que ce qui est vraiment fort, c'est ce qui est vraiment vrai. Bref, c'est en appelant aujourd'hui les forces de l'École *out of civilisation*, en les conviant sur des terres nouvelles, et résolu, quelle que soit la réponse, à aller personnellement y porter la greffe de l'Avenir, que je dis à ceux que j'appelle : Gardez-vous des illusions, gardez-vous de croire à une réalisation immédiate de votre idéal, de nos vœux les plus chers, de nos aspirations les plus ardentes ; gardez-vous même de la pensée de l'y vouloir prématurément entreprendre.

Il sera donc bien compris que, malgré la rencontre de conditions de colonisation d'une fécondité et d'une facilité inespérées, nous ne sommes pas plus disposés qu'auparavant à compliquer le travail spécial à l'expérimentation sociale, de celui des débuts d'une colonisation ; que, loin de là, nous entendons demander, à la prospérité de la colonisation et à son caractère, les moyens que nous n'avons pas encore, de faire l'autre œuvre, de l'alimenter durant toute la durée de ses épreuves, de la répéter, de la reproduire au besoin sous différentes formes, et qu'ainsi, dans l'intérêt le plus formel de l'expérience sociale, le succès de la colonisation est la question de base.

Cela étant, il ne peut plus être question d'engager le sort de celle-ci sur la chance de réussite d'une épreuve dont elle doit elle-même fournir les conditions indispensables ; de la compromettre, en exigeant d'elle qu'elle produise ses fruits avant d'avoir germé, poussé ses racines, et assuré son existence ; d'imposer, enfin, aux éléments propres à la colonisation une forme première, arrêtée, à laquelle tout devrait être subordonné, et où, bon gré mal gré, ces éléments seraient obligés de se mouvoir.

XX

Hé bien ! je veux admettre que l'on persiste encore, et que l'on dise : « Mais, suivant toute probabilité, ces éléments, qui auront répondu à la pensée de la fondation, ne seront nullement gênés dans cette forme ; c'est le milieu même invoqué par leurs aspirations, le régime au sein duquel ils désirent vivre le plus tôt possible ; ce régime, d'ailleurs, présente des avantages d'économie, d'unité d'action, d'entrain et de puissance, qu'il serait excellent de mettre au service de l'œuvre de colonisation. » Voilà le thème dans lequel se réfugiera l'illusion que j'ai entrepris de réduire.

A cela il y a plusieurs réponses catégoriques.

D'abord il ne s'agit pas, dans la thèse que je soutiens, de gêner les éléments, puisque cette thèse est celle de leur liberté même, de leur liberté pratique et effective, de leur liberté sur le terrain.

Il ne s'agit donc pas de leur interdire tel régime qui leur conviendrait, mais de faire, au contraire, qu'ils ne soient subordonnés à aucun régime préconçu, pas même à celui pour lequel ils auraient pu voter d'avance, en plus ou moins bonne connaissance de cause.

Mais voici où git le cercle vicieux de l'argument auquel je réplique. C'est que précisément il suppose résolu ce qui est en question ; il suppose fait ce qui n'est pas fait, facile ce qui n'est pas facile, réussi ce qui, dans les conditions que l'on plaide, pourrait être malaisé à réussir. Les éléments, pour empressés qu'ils soient de vivre dans le milieu conforme à leurs aspirations, créeront-ils ce milieu d'emblée et par enchantement? Non pas, certes. De sorte qu'au lieu du régime qu'on se représente, on se trouverait, en fait, dans un genre d'existence inconnu, dans des séries de difficultés, d'épreuves et de tiraillements qu'il n'est même donné à personne de pouvoir calculer d'avance. Quelle serait au juste la récolte? Je n'en sais rien; mais on aurait semé des illusions, ceci est sûr.

L'hypothèse d'où l'on part n'est d'ailleurs pas juste. Il n'est pas possible d'admettre, dans les premiers immigrants, une similitude de dispositions telle que celle sur laquelle on spécule. Il faudrait, pour cela, subordonner le choix des personnes, non plus à la condition d'un bon début de colonisation, mais à celle de la meilleure épreuve du régime que l'on aurait en vue.

Ceci imposerait le choix d'une population impubère, ou entraînerait tout au moins, dans la pensée de ceux qui croient l'expérience aisée avec des familles, la nécessité d'une épuration toute particulière et d'une confession d'orthodoxie obligatoire, ce qui serait singulièrement étroit, positivement absurde dans la circonstance, et parfaitement contraire à notre vraie orthodoxie, qui a la liberté humaine à sa base.

Il y a plus, c'est que, même parmi les hommes les plus dévoués à notre cause, parmi les phalanstériens de pleine foi et de plein désir, les plus disposés à apporter sur le champ de la fondation le concours de leur activité, il en est beaucoup qui refuseraient, et avec raison, de s'y engager, s'ils n'étaient assurés, en tous cas, d'y trouver, pour eux et pour leur famille, la garantie d'une existence privée à leur guise, la faculté de vivre personnellement suivant leurs convenances.

Et pour finir, que l'on suppose les *dispositions* ce que l'on voudra, chacun n'en apportera pas moins, avec ces dispositions des *habitudes*. Or, celles-ci, eût-on ou non songé à s'en rendre compte, ne sauraient manquer d'avoir leurs influences dès qu'il s'agirait des réalités de la vie, et feraient, dans bien des cas, des individus les mieux disposés intentionnellement, les sujets les moins propres, en pratique, aux épreuves que l'on on aurait à poursuivre, et quelquefois les plus grands obstacles.

Je pense qu'en voilà assez pour que nous puissions tenir désormais pour bien fixé ce principe :

Le premier établissement ne sera assujetti à aucune idée préconçue, à aucun plan organique prédéterminé ; son organisation résultera de la liberté des éléments intégrants, du travail pratique de leurs affinités réciproques dans le milieu où ils seront en présence.

XXI

Ce principe acquis, nous devons en prévoir toutes les exigences possibles, afin d'obtenir une détermination, rigoureuse cette fois, de la constitution du milieu préparatoire. Cette constitution, ébauchée seulement dans les approximations précédentes, va, en effet, nous être donnée tout entière par la condition de la garantie de pleine liberté qu'elle doit offrir au travail organique des éléments.

Il résulte, visiblement, de la nature des dispositions,

des idées et des habitudes apportées par ceux-ci, que, pour jouir de cette liberté dans sa plénitude, il faudrait qu'ils trouvassent un champ ouvert à tous les genres de vie, depuis le régime individuel et morcelé, jusqu'à l'association intégrale, y compris tous les degrés intermédiaires. En d'autres termes, le milieu doit jouir d'une élasticité illimitée, si c'est possible.

Hé bien! la nature de notre projet, et avec elle les données locales concourent merveilleusement à cette élasticité sans limites. Le climat, l'espace, la facilité d'élever des constructions, d'improviser des établissements collectifs ou particuliers, le besoin que l'œuvre colonisatrice aura des uns et des autres, rendent cet idéal théorique non-seulement possible mais d'une exécution aisée.

On comprend, en effet, que si, dans nos climats hostiles, avec des données territoriales nécessairement étroites et des modes relativement très-coûteux de constructions, la vie sociétaire exige un édifice serré, compacte, défendu contre les rigueurs de l'atmosphère, dont le système diffère essentiellement de celui des habitations du régime morcelé, il n'en est plus ainsi dans les circonstances toutes autres qui nous sont offertes. Le système de construction des plus humbles settlements révèle déjà le principe de l'architecture appropriée aux données naturelles du pays, données aux convenances desquelles l'architecture sociétaire la plus parfaite aurait nécessairement à satisfaire. Ce principe exclut la compacité, réclame de l'espace, de l'air, des ouvertures accueillant les brises régnantes et leur ménageant partout la circulation la plus facile. L'atmosphère et le ciel font généralement, d'ailleurs, ici les fonctions de la rue-galerie, de sorte que le plan sociétaire lui-même se résoudrait, dans ces conditions, en un système unitairement combiné de pavillons séparés, simplement reliés par des vérandes ou galeries ouvertes (shedes).

Il est donc facile de disposer un milieu qui satisfasse à la fois aux conditions d'un régime sociétaire aussi développé qu'on le voudra supposer, et aux exigences les plus prononcées du régime morcelé, — conséquemment, à tous les degrés intermédiaires.

Et, non-seulement il nous est facile d'obtenir cette universalité, mais encore, et par la plus heureuse disposition naturelle des choses, il se trouve que loin d'avoir aucun sacrifice à y faire, les arrangements qui la produisent ne sont euxmêmes que la résultante générale et harmonique des données naturelles. — Les terres libres abondent d'ailleurs autour de notre premier noyau, et rien ne limite le nombre ni la nature des établissements qu'il devient extrêmement aisé désormais d'élever sur les zones ambiantes.

Un mot d'éclaircissement, avant de passer outre, sur ce que je viens d'appeler les degrés intermédiaires.

XXII

Le régime individualiste est connu. C'est celui de l'état social où nous vivons.

Le régime coopératif intégral, qu'il soit supposé réalisé en mode phalanstérien, en mode communiste ou de toute autre manière, est aisé à se représenter dans l'esprit.

Mettez les deux régimes en présence sur un champ libre et indéfiniment extensible; concevez-y, spontanément formées, en outre, toutes les associations partielles qu'il peut convenir à des éléments isolés de faire entre eux; imaginez, en sus, toutes les combinaisons possibles de ces trois régimes les uns avec les autres : vous aurez alors non-seulement la notion de tous les degrés intermédiaires entre le régime individualiste et celui de la coopération intégrale sous ses diverses formes, mais encore celle de l'existence simultanée, sur un même champ, de tous ces régimes et de leurs libres rapports.

Un tel ensemble constitue lui-même un système absolument général, et l'expression que je viens d'en donner, n'est rien autre chose que la formule concrète de la nouvelle conception sociale dont la fondation vous est proposée.

Cette formule devant, si l'on a procédé rigoureusement, donner comme cas particulier celle du premier noyau (qui doit être homogène avec le système total dont il est l'origine), nous pouvons maintenant déterminer aisément, sinon les détails précis de l'organisme du premier établissement, — ce que nous savons impossible avant le résultat, — du moins les principaux traits du système que constituera le libre travail des éléments.

Le milieu, où ceux-ci sont reçus, a été préparé conformément aux conditions, connues maintenant, qui le rendent également apte à la pratique simultanée de tous les genres de vie, depuis l'isolement complet, pour qui le réclamerait, jusqu'à la coopération intégrale.

Les dispositions des personnes que l'idée génératrice amènera les premières sur le terrain, porteront certainement une plus ou moins grande partie de celles-ci à vouloir immédiatement, pour elles-mêmes, un régime de coopération intégrale analogue à ce qui a été facilement réalisé, dans la N. A. Ph., avec les principes élémentaires et purement économiques de la théorie.

Cette réalisation sera plus aisée encore ici par plusieurs motifs que nous déduirons plus tard, mais d'abord par cette raison catégorique que l'organisation de la N. A. Ph. est actuellement un fait pratique, une affaire expérimentée, une donnée que l'on peut étudier et reproduire, fût-ce sans améliorations immédiates, comme point de départ.

Or, tel qu'il est, le système de la N. A. Ph. transporté avec une population plus nombreuse, non fatiguée, et dans les conditions supérieures que l'on connaît, sur le champ de la colonisation, y suffirait pleinement déjà à la représentation embryonnaire du régime coopératif intégral. Rien ne limite, d'ailleurs, les perfectionnements qu'on pourra apporter à son organisme.

D'autres immigrants, moins pressés, moins désireux de s'engager, eux et leur famille, dans un genre de vie nouveau, plus disposés enfin, pour des motifs quelconques, à une complète indépendance, préféreront s'établir séparément et à leur compte. — Les besoins de la colonie naissante réclament d'ailleurs des établissements isolés, notamment pour l'occupation de ses lignes de communication, de ses points de débarquement, et pour certaines exploitations plus ou moins éloignées du premier centre, au sein duquel ; entendons-nous bien, le régime individuel sera lui-même tout à fait facultatif.

Mais les éléments qui auront choisi le régime séparé, ne tarderont pas à lier librement entre eux des rapports de toute nature. Ils s'associeront pour certaines opérations, entreprendront à deux, à quatre, à dix, certains travaux, certaines affaires, réaliseront certaines solidarités partielles. Le vaste champ des faits afférents à l'ordre transitoire ou garantiste est ouvert, et chacun s'y meut librement avec ses vues, ses idées, ses ressources et son industrie.

Tout est à faire, tout est à créer, l'espace ne manque dans aucune direction, et l'on peut à sa guise concevoir et poursuivre toutes sortes d'entreprises. — De libres contrats, naturellement assis sur le principe de réciprocité, suffiront à la réalisation de tous les rapports et de toutes les associations intermédiaires.

Des liens analogues se forment entre l'établissement sociétaire proprement dit, les associations partielles et les individus séparés.

Tel de ces derniers, par exemple, veut faire ménage à part, mais il lui convient de travailler dans les ateliers ou les cultures de l'association. Tel autre, au contraire, se réserve son industrie ; mais il est enchanté de profiter des avantages de la consommation en mode sociétaire. D'autres enfin engageront dans l'œuvre coopérative une partie seulement de leur temps, une spécialité de leur activité, et feront usage du reste au dehors et à leur compte.

D'ailleurs, chaque famille ou chaque individu, quelque régime qu'il ait d'abord adopté, conserve toujours la faculté d'en changer, et passe à volonté de l'un à l'autre. La règle magistrale est : *liberté et convenance réciproque.*

Voilà donc que, sans pouvoir préciser les formes particulières où aboutira le travail organique des éléments, nous avons acquis la parfaite notion du système dans lequel se mouvra leur activité, et prévu, aussi complétement qu'il est nécessaire pour y pourvoir, tous les arrangements possibles. Telle est la solution véritable du problème que nous nous étions posé sur la nature de l'organisme réclamé pour la meilleure constitution du premier noyau de la colonisation.

Rien ne nous empêchera de serrer davantage la prévision des arrangements les plus probables; mais nous savons déjà que, quand même tous les éléments s'établiraient en régime séparé, la nature de l'Idée qui a déterminé leur réunion sur le champ nouveau, et les conditions au sein desquelles ils s'y rencontreront, auraient bien vite engendré un système général de solidarités, d'assurances, de crédits mutuels, de réciprocités, en un mot de GARANTIES de toutes les sortes.

Or un tel système, spontanément développé sur ce champ libre, réaliserait, dores et déjà, un état social beaucoup plus homogène, beaucoup mieux lié et plus avancé que celui que pourrait donner de longtemps, en Europe et dans les circonstances les plus favorables, l'application de ce que l'on a appelé le programme commun de toutes les écoles socialistes.

Nous savons d'ailleurs, et cela suffirait au but, que, dans tous les cas, nous possédons, bien établi sur le terrain, un premier lit de population au moyen duquel désormais le

9

développement de l'œuvre colonisatrice ne souffre plus de
difficulté.

XXIII

Je pourrais m'arrêter ici. Le projet est achevé. Les bases
sur lesquelles l'œuvre doit s'asseoir sont connues, et les lois
qui doivent en diriger sans interruption la conduite , jusqu'au point où elle se continuera par ses propres forces, sont
catégoriquement déterminées. Ce que je dirai désormais
n'ajoutera rien, en sérieuse valeur pratique, à ce qui a été
exposé.

Il nous est loisible, toutefois, à titre d'étude et d'éclaircissement, de reprendre les questions sous une forme sinon
plus positive, du moins plus concrète.

Jusqu'ici, rien dans nos déterminations n'a été donné à
l'hypothèse. Elles ont procédé de déductions en déductions
toujours rigoureuses.

Que si, maintenant, nous nous proposons, non plus de connaître les lois directrices des opérations, cette connaissance
étant acquise, mais d'en suivre une application descriptive,
nous devons évidemment recourir à une hypothèse.

Notre plan, en effet, est arrêté dans ses proportions, dans
ses lignes, et dans ses conditions d'exécution successives.
Mais quelle sera l'échelle de l'application ? — C'est ce que
nul ne sait.

Cette échelle peut varier du petit au grand ; cela dépendra
du concours initial.

Si ce concours est considérable, ce que je désire vivement, l'œuvre marchera avec une rapidité prodigieuse, et le
succès sera très-prochain.

S'il est plus faible, que les résolus se rassurent : l'œuvre et
le succès demanderont plus de temps et plus de peine, sans
doute ; mais, en tout état de cause, nous arriverons au but.

Faisons donc une hypothèse, en nous rappelant bien que
ni cette hypothèse, ni les déductions à elle afférentes, n'ont
valeur impérative. Ce qui a valeur impérative, encore un
coup, c'est le système des lois rectrices de l'économie et
de la conduite pratique de l'œuvre, quelles que soient les
dimensions de celles-ci.

XXIV

RÉALISATION A L'ÉCHELLE DE QUATRE MILLIONS DE FRANCS.

Supposons donc que l'entreprise sociale de la colonisation Européo-américaine, au Texas, est fondée au capital
de....................................... 4,000,000 fr.
disponibles au fur et à mesure des besoins.

L'agence de la compagnie de colonisation s'occupe de
réunir des head-rights correspondant à une étendue de terre
d'environ 100 lieues carrées de 1,600 hectares. Valeur actuelle................................... 400,000 fr.

En même temps elle envoie une commission, à laquelle
est adjoint un ingénieur géologue, visiter les régions Ouest
du Texas et parcourir celles du Nord.

Ces deux besognes faites, les head-rights sont en tout ou
en partie localisés sur des terres choisies, formant probablement plusieurs divisions principales, des sous-divisions, et
dans tous les cas des séries de points détachés, rayonnant
des parties agglomérées aux rivières et vers le littoral, afin
de s'emparer des lignes de communication destinées à relier
les espaces massés avec les centres de la population sous-
jacente et avec le système de la circulation extérieure.

Il sera ouvert, en outre, un crédit de..... 240,000 fr.
à la continuation des acquisitions territoriales, au fur et à
mesure de l'arrivée des immigrants; ce qui, à raison de
1200 fr. pour une lieue carrée et par douzaine d'immigrants,

ajoutera 200 nouvelles lieues carrées au domaine de la colonie, pour les 2400 premiers immigrants majeurs qui surviendront.

Nota. — Il est fort probable qu'en présence d'une opération sérieuse, telle que celle-ci, le gouvernement du Texas fera, par mesure législative, à la compagnie de colonisation une concession gratuite de terres qui pourra être très-considérable. — Dans ce cas, une notable partie des 640 000 fr. affectés aux acquisitions territoriales resterait disponible pour d'autres emplois.

Pendant que ces mesures préliminaires ont été prises, les documents relatifs à l'opération, les renseignements de toute nature, les propositions et les engagements individuels, — toutes choses dont la centralisation va commencer à la réception de vos premières réponses à ce Mémoire, et qui ne cesseront plus, dès maintenant, d'être provoquées et enregistrées, — auront permis d'établir des caculs approximatifs sur le nombre du personnel disposé à former la population du premier centre et de ses accessoires, et sur le temps nécessaire aux arrivages successifs des hommes et des choses.

Cela fait, on aura les dimensions, ou l'échelle d'exécution des préparatifs à faire sur le terrain.

On déterminera, pour les constructions, une *unité d'espace* et un *élément architectural* (1) déduits des convenances locales et climatologiques.

---

(1) J'entends ici par *unité d'espace*, ce que Durand, dans son cours d'architecture, appelle un entraxe. Dans les conditions où l'on se trouvera au Texas, ce mètre architectural sera d'un emploi aussi facile que fécond.

Quant à l'*élément architectural*, il suffit pour comprendre le sens de cette expression, d'avoir vu un dessin du Palais de Cristal, de Londres. Ce palais, en effet, était le produit de la répétition et des combinaisons diverses d'un élément de construction invariable, fonctionnant comme la molécule intégrante.

Au moyen de ces deux unités, dont la première servir
à la composition du plan général, et la seconde à l'exécution des bâtiments, on sera assuré d'obtenir un ensemble de constructions extensible, élastique, varié quoique
toujours homogène et symétrique, et susceptible de se prêter
à tous les besoins qui pourront se manifester dans la pratique.

Les Américains chargés de la direction de la cohorte des
pionniers de première préparation, reçoivent les plans, et
les exécutent, soit par voie d'entreprise, soit au compte de
la compagnie, suivant qu'il sera décidé.

Il est entendu que cette première campagne comprendra
la préparation d'un centre au moins et, dans tous les cas,
d'un certain nombre de postes environnants et des points
détachés nécessaires à l'occupation des lignes de communication les plus importantes. — Il pourrait bien se faire,
d'ailleurs, que le centre principal fût situé sur une rivière
navigable ou du moins dans un voisinage très-rapproché.

Dans l'hypothèse où nous raisonnons, la préparation n'exi-
gera pas plus d'une année, à partir de l'établissement, sur les
lieux, de la première moitié de la cohorte de pionniers.

Supposons qu'on doive pourvoir à la réception de 1200
colons, — femmes et enfants compris, — dans le cours de
l'année suivante.

Tablons sur 150 travailleurs employés à la préparation pendant un an, chiffre largement suffisant. Ceux-ci seront des
émigrants allemands pris sur l'Ohio ou à la Nouvelle-Orléans,
quelques Américains de l'Ouest et du Nord, plus un certain
nombre d'éléments européens spéciaux et choisis. Leur
réunion sur les lieux est, sauf ce qui concerne les derniers,
l'affaire des Américains chargés de diriger la première campagne. Nous n'avons pas à nous en occuper.

Portons pour la dépense de 150 hommes, salaires, nourriture et transport sur les lieux compris..... 300 000 fr.

Moulins et scieries mécaniques 50 000

Instruments de charpente, menuiserie, maçonnage et forge...................... 20 000

Outillage agricole, harnais, charrues, herses, machines à battre, bêches, etc......... 40 000

Wagons, voitures, chars pour les transports de toutes sortes...................... 25 000

Approvisionnements pour les travaux de constructions, les ensemencements, les pépinières, frais généraux et mémoire......... 170 000

La plupart de ces chiffres sont exagérés; mais tous ces chapitres sont obligatoires.

Il n'est pas indispensable, mais il sera très-fructueux de faire travailler immédiatement la prairie, sur une assez grande échelle, au profit de la colonisation, tout à l'entour des points attaqués. Disposons en conséquence, pour l'établissement d'un premier cheptel à se procurer sans délai :

Achat de 2 000 têtes de bétail (soit 1 600 vaches et 400 bœufs).................. 100 000 fr.

1 000 chevaux et juments (à tirer du Mexique)........................... 80 000

Étalons (ânes, chevaux entiers, taureaux et quelques béliers); mules, moutons, cochons et volailles........................... 60 000

Il serait excellent de commencer, dès la première année, une fabrication de cuves et de tonneaux, de poterie commune et de tuyaux en terre cuite; une brasserie; de préparer une tannerie, et peut-être d'entamer la fabrication des fromages.— Portons, pour tous ces établissements et autres du même genre, dont on peut avoir intérêt à jeter promptement les bases 75 000

Pour avoir le chiffre des crédits afférents à la première année, il faut, de la somme de tous les crédits sus-mentionnés........... 1 540 000

Retrancher les 240,000 francs portés pour l'acquisition des terres à mesure de l'arrivée des colons 240,000

Reste. 1 300 000

Et, dans l'hypothèse de la concession gratuite des terres par le gouvernement texien . . 900 000

Tablons néanmoins, pour crédits afférents aux opérations de la première année, sur le maximum de 1 300 000

Deuxième année. — Portons, pour le courant de cette année, au crédit du transport sur les lieux de partie des colons, européens ou américains, le chiffre de 100 000

Pour mobilier domestique et industriel de l'établissement 600 000

Total, pour les deux premières années . . 2 000 000

Reste donc, pour approvisionnements, établissement de nouvelles industries, acquisition de machines, accroissement du cheptel et des terres, et continuation du mouvement colonisateur 2 000 000

Ce devis d'avant-projet, suffit amplement à notre but actuel. Le projet le plus minutieux ne saurait avoir plus de valeur pour le moment.

Il est certain, en effet, que, dans une œuvre de la nature de celle-ci, il serait puéril de viser à dresser, *à priori*, un échafaudage de détails et de prévisions de faits particuliers qui ne pourront être calculés que progressivement, et qui sortiront du mouvement d'exécution lui-même.

Cavant donc sur ce cadre général, nous voyons que, dès le commencement de la seconde année, la préparation nécessaire à la réception des premières colonnes de l'immigration est faite.

Celles-ci trouveront, en arrivant, des espaces considérables cultivés et ensemencés, des approvisionnements en magasin, ou des récoltes sur pied, des jardins très-étendus et en plein rapport, et déjà un beau cheptel d'animaux domestiques. Sauf les vergers, qui ne seront encore qu'en pépinières, le système agricole et horticole fonctionne au complet.

XXV

Les matériaux des premières constructions en Amérique sont, 1° des troncs d'arbres posés horizontalement, à la façon des baraques de nos coupeurs, c'est le système des settlers isolés; 2° des poutres et des planches sciées, posées à recouvrement et peintes à l'extérieur.

Là où le bois ne coûte rien et où l'on a des scieries mécaniques, ce dernier procédé est très-économique et fort expéditif.

Ce système, en usage sous les climats rigoureux du Nord, produira immédiatement, sous le ciel du Texas, des habitations très-confortables; et rien n'est plus aisé que d'obtenir, avec une simple dépense de goût et une heureuse combinaison des lignes architectoniques, des aspects très-élégants.

Chaque pavillon a, au rez-de-chaussée sinon à tous les étages, sa vérande ou galerie ouverte et couverte (*shede*, ombrage), qui se raccorde, en se prolongeant, avec celles des pavillons voisins. Ceux-ci sont séparés par des espaces en partie sablés, en partie garnis de plates-bandes et d'arbustes.

Des lianes de toutes sortes grimpant le long des colonnettes qui portent les toits des vérandes, suspendent de l'une à l'autre leurs festons de pampres touffus, leurs girandoles de feuilles enlacées de fleurs étincelantes. Des jasmins de quelques années tapissent déjà les parois des grands murs et atteignent le haut des constructions comme nos lierres séculaires.

Une végétation aérienne dont les développements sont si rapides , combinée avec ce genre de constructions légères , espacées et harmonieusement distribuées dans leur plan général , produira comme par magie des effets de parure architecturale et de charme collectif , dont plusieurs habitations, dirigées avec un goût pourtant bien élémentaire encore , nous ont déjà offert en petit l'image.

Rien n'est plus aisé , d'ailleurs , que de choisir, pour les emplacements des centres, des positions où la prairie , la forêt , les bosquets naturels , les mouvements du sol et les travaux d'un défrichement intelligent, se marient sous des aspects très-pittoresques.

Outre le bois, on aura facilement de la brique, du calcaire, cette pierre tendre dont j'ai parlé , qui durcit à l'air, et suivant les localités d'excellent plâtre.

Les animaux domestiques ayant le bois et la prairie pour demeure, le ciel pour toit, et l'agriculture ne réclamant pas de fumiers, les constructions rurales, proprement dites, se trouvent en très-grande partie supprimées. L'entretien de la propreté publique n'exige que des mesures très-simples.

Le cheptel primitif , déjà considérablement augmenté, tout en suffisant aux gros travaux des champs , — qui ne tarderont pas , suivant toute apparence , à être exécutés par des mécanismes à vapeur, — offre une base alimentaire qui ne fera plus que s'accroître.

D'autre part, le gibier abonde : un aménagement convenable pourvoira à la conservation de cette ressource précieuse.

A l'époque où nous sommes, les opérations antérieures ont déjà établi un mouvement régulier de communications. Le système commercial de la colonie est ébauché ; les rapports de vente, d'achat et de transport sont noués avec l'Europe et l'Amérique sur les principes de la *relation di-*

recte entre producteurs et consommateurs. La colonie a déjà son service de bateaux à vapeur, soit qu'elle l'ait établi à son compte, soit qu'elle se contente encore de traités avec quelques bâtiments étrangers.

Ainsi, au lieu d'avoir à livrer les premières batailles du pionnier à la nature sauvage, de camper dans la prairie, de vivre *comme ils pourraient*, isolés, sans secours réciproques, privés de tous les avantages et de tous les plaisirs de la société, obligés de payer à des prix fabuleux ce qu'ils devraient demander au commerce civilisé ; au lieu de la condition ordinaire des settlers ; en un mot, nos colons ont trouvé des habitations confortables et d'un aspect d'ensemble déjà très-élégant, un système très-complet et parfaitement assis, des bases alimentaires, toutes les dispositions nécessaires à l'organisation de leurs travaux, à l'exercice productif de leur activité, un milieu social.

Ils jouissent d'un beau ciel et d'un climat qui triple, dans l'année, le temps que l'on vit sous les nôtres.

L'avenir est assuré ; chacun se sent déchargé du poids écrasant des soucis de l'existence pour les siens et pour soi-même, délivré de l'*atra-cura* attaché avec plus d'acharnement que jamais, aux temps où nous vivons, à toutes les conditions de la civilisation, — tourment perpétuel de cet enfer social.

Au lieu de cette vie dévorée d'inquiétudes cruelles, on a conquis enfin ce droit magnifique que Fourier, dans sa poursuite sans trève du vieux moralisme, s'est plu à appeler *insouciance*, qui résulte du sentiment béni de la solidarité, et qui donne à chacun la conscience que sa vie individuelle est intégrante de la vie sociale. C'est le *droit à la vie sociale*, le droit au rapport harmonique de l'élément de vie avec l'être vivant. Chacun ici, en effet, se sent membre d'un corps social fondé par sa foi et pour sa foi, destiné à réaliser bientôt celle-ci dans sa plénitude, et se reconnaît associé et agent actif d'une œuvre dont la grandeur morale le pénètre de plus en plus chaque jour.

La certitude du succès, la rapidité du développement de la prospérité collective, le spectacle de toutes les créations qui poussent *à vue d'œil* au sein d'une nature amie, féconde et généreuse, ajoutent donc au sentiment de la sécurité de l'avenir, de la garantie du bien-être matériel, et constituent pour toute la population *l'aurore du bonheur.*

Je connais la valeur de cette expression et je l'emploie sans crainte.

Le bonheur élémentaire est si facile dans ces régions favorisées ! Nous avons rencontré dans les forts, transportées et isolées à la frontière de la Sauvagerie et encore en plein désert, des dames élevées dans un monde brillant, habituées au luxe et aux raffinements des capitales de l'Est. Hé bien ! elles nous disaient que, même dans l'état actuel des choses, si elles avaient seulement quelques familles amies, au voisinage, pour leur faire un peu de société, aucune existence au monde ne leur semblerait préférable. L'une d'elles, la femme d'un major qui a commandé deux ans le fort Worth, nous disait que, pour sa part, tout ce qu'elle demanderait ce serait l'assurance d'y passer encore dix années semblables.

Quand nous laissions entrevoir nos projets, personne ne doutait du succès s'ils étaient exécutés, et d'une merveilleuse facilité de bonheur pour les populations qu'ils amèneraient. Et, de vrai, si l'on songe à la réunion de toutes les facultés du pays, à l'exclusion de toutes les conditions pénibles, dures et ingrates des travaux de l'agriculture, aux joies qu'une population qui respire la santé, le bien-être et la liberté, ne peut manquer de puiser abondamment dans l'œuvre de ses conquêtes, dans le développement de la richesse sociale, de l'élégance collective, et dans les premiers épanouissements du grand avenir de justice et d'harmonie libératrice, dont elle a porté elle-même la semence sur ce sol, et qu'elle y cultive pour le salut social du monde, — si l'on songe à toutes ces choses, il me semble que l'on sera aisément du même avis.

Quant à cette expansion de prospérité sociale, il suffit pour

en avoir la garantie d'avance, de se rappeler le succès et le s
progrès de la colonisation morcelée, et de comparer les misérables conditions d'isolement, de dénûment et d'ignorance
au sein desquelles elle opère, avec les moyens, les instruments et les puissances dont est pourvue et que combine dans
tous les ordres une population très-supérieure en développements intellectuels, en capacités de quelque sorte que ce
puisse être, et souvent même en énergie musculaire et en
activité physique.

Dans l'hypothèse que nous suivons, ce que nous avons
appelé la phase initiale serait d'une très-courte durée. Les
six premiers mois, après l'achèvement de la *préparation*,
suffiraient à l'installation régulière de la population agricole
et des industries de nécessité. Les éléments plus particulièrement propres à l'organisation de l'éducation sociale, des
arts, des sciences et du raffinement collectif, pourraient être
reçus, en assez grande proportion déjà, durant les six derniers mois de l'année, et l'établissement entrerait, avec l'arrivée de ceux-ci, dans sa seconde phase.

Pendant que ces choses s'accomplissent, les prévisions
des faits afférents à l'année suivante ont leur cours. Les relations et les agences extérieures n'ont cessé de s'étendre ou
de se développer. La colonie possède déjà, sur les lieux, une
imprimerie, et son journal fait régulièrement connaître le
mouvement de ses affaires. Elle fonctionne à la fois comme
foyer d'idées, de réalisation et d'attraction. Les forces dont
elle dispose lui permettent d'exécuter, sur des points am-
biants, convenablement choisis, la préparation de nouveaux
milieux destinés à recevoir des colonnes d'immigration de
plus en plus considérables.

Ses communications sont parfaitement organisées par des
services à vapeur sur quelqu'une des rivières voisines, et
comme nous l'avons indiqué déjà, en établissant ses lignes
de terre ou d'eau, la colonie s'est emparée de la fonction

commerciale extérieure dans leurs directions, en élevant des country-stores ou des comptoirs de distance en distance, et en acceptant du transport ne fût-ce que pour compléter ses chargements montants ou descendants.

XXVI

Nous avons eu, précédemment, à prévoir tous les arrangements spontanés que pourraient prendre les éléments de la colonisation, afin de nous mettre en mesure d'y pourvoir d'avance et d'offrir aux personnes les conditions de la liberté effective la plus complète.

Actuellement, nous pouvons nous proposer de rechercher quels sont les arrangements probables.

C'est le propre de la colonisation morcelée ou civilisée, dans les pays beaux et ouverts comme le Texas, de disséminer une population très-faible sur des espaces immenses, du moins est-ce le cas ordinaire de ses débuts.

Nous n'avons pas à nous occuper des causes de cette disposition singulière à cet extrême isolement, très-regrettable au point de vue du développement de la *sociabilité* dans une colonie, et qui, là où il se prolonge, tend à produire, avec des éléments sortis de la civilisation, un état inférieur, sous beaucoup de rapports, à la sauvagerie elle-même.

La nature de notre œuvre, les sentiments, les idées et l'origine de la plus grande partie de ceux qu'elle attirera sur son terrain, nous sont de sûrs garants contre cet éparpillement extrême dont gémissent souvent les publicistes qui s'occupent des questions coloniales, et contre lequel on a proposé nombre de remèdes pires que le mal.

Je ne veux pas dire, cependant, que parmi ceux que la connaissance des faits généraux révélés dans ce Mémoire pourra conduire au Texas, il ne pourra pas s'en trouver, même en assez grand nombre, de disposés à s'établir isolément, en dedans ou en dehors des domaines de la colonie.

Qu'importe! ceux-là agiront tout à fait à leur compte. Et en quelque lieu qu'ils se placent, ils n'en contribueront pas moins, dans un rapport quelconque, au but que nous poursuivons.

S'ils se fixent hors des terres de la colonie, ils concourent au peuplement du pays ambiant, au développement de la richesse générale et des affaires.

S'ils s'établissent sur nos terres, dans l'intention de profiter des avantages offerts par la proximité de nos centres d'opérations, ils contribuent plus directement encore à la plus-value des domaines coloniaux.

Objectera-t-on que ces établissements privés, si on les accueille si facilement, soustrairaient des terres qu'il faudrait réserver aux entreprises coopératives?

Mais la société de colonisation possède plus d'espace que n'en réclameront, de longtemps, ces entreprises; elle réserve à celles-ci les zones qui peuvent plus spécialement convenir aux grands établissements; et, chaque douzaine d'hommes qui arrivent avec l'intention d'opérer dans un mode coopératif quelconque, ajoute pour 1200 fr. une nouvelle lieue carrée à ces réserves.

N'oublions pas que les bénéfices à réaliser sur la vente d'une partie des terres, après que celles-ci ont acquis des plus-values, constituent l'une des branches de la rémunération du capital de fondation, du développement de la prospérité coloniale et des ressources destinées à faciliter les expériences sociales.

Loin donc d'avoir, dans une vue systématique étroite, à mettre obstacle aux établissements privés, même isolés et morcelés, fussent-ils le fait d'individus étrangers à l'idée sociale de la colonisation, la société ne devra pas craindre de leur ouvrir libre carrière, et, dans les débuts, de les favoriser au besoin par des concessions très-libérales.

Encore une fois, ce n'est pas l'espace qui manquera. En se développant, la colonie acquiert des terres vierges, pousse en avant, cède en partie, quelquefois peut-être en totalité si elle y trouve avantage, les premières zones qu'elle a occupées et où elle a créé d'immenses plus-values.

La conquête des terres neuves, sur grande échelle, est devenue pour elle, avec sa solidarité et les forces dont elle dispose, une opération des plus aisées, dont il lui est loisible de faire une haute industrie collective de premier ordre. — Et, pour en finir avec la question des éléments étrangers, fixés dans sa sphère d'activité, ne serait-ce pas une contradiction formelle avec la Foi sociale dont on a entrepris l'incarnation, que de douter seulement qu'ils ne gravitassent bientôt librement, et par les avantages de tout ordre que celui-ci leur offrira, dans l'orbite de son système? Des conditions de moralité et d'honnêteté seront donc les seules choses à demander aux immigrants de cette classe.

Quant à ceux des colons qui, bien qu'attirés par le principe social de la fondation, préféreraient pourtant s'établir plus ou moins isolément, ils seront tout disposés à entrer dans un régime de réciprocités, d'assurances, de crédits mutuels et de solidarités générales, réalisant un socialisme pratique fort avancé.

Dans l'hypothèse même où un tel système de séparation prévaudrait exclusivement, il n'en constituerait donc pas moins un plein *garantisme*, c'est-à-dire un milieu extrêmement propice aux expérimentations du Régime coopératif, et du sein duquel celui-ci ne tarderait pas à jaillir.

J'ai plaidé tout particulièrement le système d'une liberté effective et absolue, parce que cette liberté est le principe fondamental de notre théorie.

Nous poursuivons l'Association; mais, dans la langue de notre doctrine, nous n'avons pas même besoin d'ajouter à ce mot l'épithète de *volontaire*, Association signifiant essen-

tiellement, chez nous, convergence de forces libres. Or,
pour que l'Association soit vraiment libre, il ne suffit pas
que les éléments appelés à la réaliser, aient librement opté
pour ce mode, qu'ils l'aient délibérément choisi et voulu
à un moment donné ; il faut encore qu'ils persistent dans
cette volonté au sein de l'Association réalisée; et, comme
conséquence nécessaire, qu'ils aient à chaque instant, non-
seulement la liberté théorique et abstraite, mais encore *la
faculté positive*, garantie par les dispositions formelles des
choses, de s'en éloigner s'ils venaient à s'y sentir mal à l'aise.

Hé bien ! la garantie de cette faculté, directement déduite
de nos principes, jouit de deux propriétés pratiques des plus
précieuses l'une et l'autre, dont la seconde nous permettra même de résoudre, d'une manière inespérée, la question
posée plus haut de l'arrangement organique probable des premiers éléments de l'immigration.

XXVII

1° *La garantie de liberté effective est éminemment attractive de la population.*

Cette propriété, dont les observations qui précèdent
viennent de montrer l'importance au point de vue général
de l'œuvre, est évidente. Elle s'applique également à tous les
cas possibles et à tous les genres d'éléments sur lesquels on
peut spéculer.

Relativement à ceux qui ne seraient pas attirés par le but
social de l'œuvre, il est clair que la liberté effective et pratique est indispensable; sans elle ils ne viendraient pas.

Quant à ceux qui se sentent en affinité, non-seulement
avec le but général, mais plus particulièrement encore avec
notre but phalanstérien, elle est pour eux aussi d'une très-
grande valeur, à moins qu'ils ne soient aveugles; — et dans

ce cas il y aurait une immoralité monstrueuse à spéculer sur un entrainement, très-noble dans son principe, pour attirer des hommes sur des terres lointaines et les y engager dans un mode d'existence où ils pourraient ne pas rencontrer, aussitôt qu'ils le supposaient, les conditions qu'ils auraient espérées, — si on ne leur avait ménagé, en tout cas, le refuge de la vie individuelle ordinaire et à leur guise.

D'autre part, dès que l'établissement privé est toujours préparé et ouvert, les plus prudents, parmi ceux-ci, ne sauraient conserver aucune crainte. Loin de rien compromettre, leur impatriation au pays des réalisations de leur foi sociale assure, en toute hypothèse, leur prospérité et leur avenir individuels.

Cette liberté, enfin, est la condition formelle d'attraction pour les éléments socialistes dont les procédés pratiques et les vues théoriques diffèrent des nôtres. Repoussés par le vieux monde, nous les convions sur un vaste champ ouvert à toutes les doctrines progressives. Ils ne sauraient répondre à cet appel que sous la garantie d'y pouvoir créer et développer, à leur aise et à leur guise, les conditions qu'ils jugent nécessaires à la réalisation de leurs plans.

Or, remarquez-le bien, dans les données de cette grande et noble conception d'un champ d'asile ouvert à toutes les formes de la pensée progressive du siècle, toutes les doctrines sont utiles, toutes concourent au but de la société nouvelle. Les plus erronées, elles-mêmes, par cela seul qu'elles reposent sur des convictions fortes et sincères, servent ici la grande cause de la Vérité et de l'Humanité.

Elles amènent toutes, en effet, sur le champ de l'expérience progressive, des éléments de vie, d'activité, de travail et de prospérité collective; et comme la pratique dégagera inévitablement et sans miséricorde les vérités des erreurs, qu'elle transformera les unes et les autres en réalités visibles et tangibles, et que les éléments vivants seront un peu plus tôt un peu plus tard, infailliblement attirés aux réalisations

10

diverses en proportion de ce que chacune de celles-ci contiendra de vérité vraie, humaine et vivante, l'erreur sincère aura servi elle-même à prouver et à alimenter la Vérité.

La garantie sociale ménagée à toutes les convenances, n'est pas seulement attractive de la population ; elle jouit d'une seconde propriété non moins importante.

XXVIII

2° La garantie de liberté effective est éminemment propre à faciliter le succès de toute combinaison coopérative fondée d'ailleurs sur des bases théoriquement justes.

Cette propriété est telle que je vais maintenant prouver une thèse qui pourra surprendre venant après celle où j'énumérais, tout à l'heure, les difficultés inhérentes aux premières expérimentations d'un régime coopératif quelconque et en particulier du nôtre.

Je dis à cette heure, — en me renfermant dans notre objet propre, — qu'avec les données actuellement acquises, on peut considérer la pratique du Régime sociétaire comme ayant les plus grandes chances d'un prompt développement sur le champ du premier établissement lui-même.

Vidons d'abord l'apparente contradiction de cet énoncé avec la thèse que je viens de rappeler.

Ce que j'ai combattu, c'est l'idée préconçue, le parti pris de faire, du premier établissement colonial, une phalange sociétaire.

Dans cette hypothèse, l'organisation phalanstérienne était une condition que l'on s'imposait, une nécessité dans laquelle on s'enfermait.

Or, c'est là précisément, dans ma conviction, la donnée qui rend le succès très-difficile, qui multiplie les obsta-

cles, et devient très-compromettant si, l'expérience man-
quant, on se trouve avoir débuté par s'engager dans une
impasse.

Avec les données actuelles, au contraire, le régime sociétaire n'est plus qu'une faculté. N'en ayant fait ni un but
immédiat d'expérience, ni un moyen nécessaire, sans
que ceci puisse provoquer de sérieuses divergences, des
discussions susceptibles de s'envenimer, on en prend chaque
jour ce que l'on reconnaît empiriquement profitable pour
la conduite quotidienne. Enfin, et surtout, au lieu d'avoir
enfermé la substance sociale dans une chaudière sans sou-
pape, ici tout est ouvert. On est, de toutes parts, en contact avec l'espace, l'air libre, la grande atmosphère. — En
voilà assez pour rendre manifestes les essentielles différences de principe des deux propositions. Voyons maintenant
les raisons qui militent en faveur de la dernière.

Nous avons reconnu plus haut que, sans aucun doute, une
partie considérable des nouveaux arrivants voudront immédiatement profiter de la faculté qui leur est offerte de se
constituer sur des bases sociétaires analogues, par exemple,
à celles de la N. A. Ph. — Nous pouvons donc raisonner
comme si cet établissement était transporté sur le terrain
colonial, avec une population plus nombreuse, fraîche, et
dont les ressorts, au lieu d'être très-fatigués, jouissent de
toute leur vigueur première.

Or, je dis que cet établissement lui-même, tel qu'il est,
s'il se trouvait sur le champ de la colonie, y rencontrerait à
l'instant des conditions de vie capables de triompher aisément des causes qui ont paralysé son développement.

Le climat y ferait déjà une différence très-sensible. C'est,
en effet, durant les longs mois de l'hiver que s'y manifeste
le plus grand allanguissement. La belle saison y ramène un
mouvement marqué, une existence plus animée et déjà suffisamment attrayante pour que des étrangers viennent volontiers y prendre possession et y fixer leurs quartiers d'été.

Il y aurait ici, cependant, à son expansion, des causes bien plus puissantes, parmi lesquelles il faut ranger l'extrême facilité relative des travaux de l'agriculture, la rapidité d'accroissement de la prospérité individuelle et collective et le charme résultant de la promptitude des créations de toutes sortes et des conquêtes remportées sur une nature qui ne demande qu'à livrer ses trésors.

Mais un ressort d'une efficacité incontestablement plus énergique encore se trouverait dans le nouveau but et les nouvelles fonctions qui lui seraient tout à coup offerts.

Ce qui pèse le plus lourdement, en effet, sur la N. A. Ph., — il est facile de s'en convaincre quand on y passe quelque temps, — c'est le sentiment du but manqué et le peu d'espoir restant d'atteindre celui-ci désormais.

La N. A. Ph. s'est précisément mise dans cette impasse dont je parlais tout à l'heure. Ce qui fait, pour la plus grande part aujourd'hui, sa faiblesse, c'est l'idée préconçue en vue de laquelle elle s'est constituée, sans avoir calculé les conditions ni mesuré les difficultés de la réalisation. Le poids qui l'oppresse maintenant c'est celui de son but retombé sur elle.

Sur le champ où nous la supposons transportée, la N. A. Ph. se sentirait immédiatement apte à une fonction de haute importance : elle se concevrait bien vite une *raison d'être*, un nouveau but d'activité se dressant tout à coup devant elle ; et ce but, cette fois, elle ne saurait le manquer.

Telle qu'elle est actuellement, en effet, elle serait déjà très-propre à la *réception des éléments de l'immigration*, et fonctionnerait convenablement en tant qu'organe d'alimentation de la colonie. — Le milieu où elle serait placée étant indéfiniment extensible, elle se développerait rapidement elle-même, comme organe spécial, tout en faisant incessamment grandir le corps dont elle serait l'embryon.

Cette hypothèse et cette discussion nous mettent à même de calculer, avec une très-grande probabilité, la marche que

suivront naturellement les choses dans notre premier centre
de population.

Une grande partie des premiers colons opteront pour
une organisation sociétaire immédiate, sur un plan analogue
à celui de la N. A. Ph. — Cela est certain.

Cette première ébauche de l'Ordre coopératif se trouvera
néanmoins assise sur des bases beaucoup plus larges et sa
constitution sera éminemment plus élastique. A la N. A. Ph.
en effet, les individus admis comme aspirants doivent, après
un certain temps de résidence, être admis comme membres ou s'éloigner de l'établissement. Il n'y pas de degrés intermédiaires.—Ce manque d'élasticité a été considéré comme
un défaut sérieux, et la conception du nouvel établissement
que d'anciens membres de la N. A. Ph. élèvent à Raritan-
Bay, est sortie de cette critique. On se propose ici de laisser
aux individus la faculté de s'associer intégralement ou partiellement, ou encore de former, par groupes, des ateliers ou
des entreprises à leur compte. Or, telles sont précisément
les conditions que nos données offrent d'elles-mêmes aux
éléments dont nous recherchons l'arrangement probable.

Le but proposé n'étant point l'expérience ou la réalisation
du régime sériaire, mais simplement la colonisation, les
esprits des émigrants ne sont pas montés à un diapason
d'espoir exagéré et susceptible de causer, s'il était déçu,
un découragement fâcheux dans la masse.

D'autre part, les facilités offertes à l'établissement privé
ne sont pas une moindre garantie pour les noyaux où la vie
sociétaire s'ébauche, que pour les intérêts et les convenances
personnelles des immigrants. Elles permettent en effet aux
Associations de ne garder, en pleine coopération, que les
éléments à qui leur régime convient complétement et qui y
conviennent eux-mêmes, sans écarter absolument, toutefois,
le concours des autres.

Grâce à cette faculté, personne ne craindra d'essayer
d'abord de la vie des grands établissements, et, tout natu-

réllement, ceux-ci se trouveront ne retenir que les éléments
en affinité et en corrélation décidée de convenances avec
leur régime. Tout discord, toute incompatibilité, toute gêne
réciproque, se résolvent par l'établissement individuel ou
par des positions quelconques sur l'échelle des degrés intermédiaires. Les molécules intégrantes prennent donc ici,
comme dans les organismes naturels, les places correspondant à leurs natures respectives.

XXIX

J'ai déjà parlé du contraste de caractère de la race anglo-
américaine et de nos races latines. L'Américain et le Français forment, plus particulièrement, complément l'un de
l'autre.

Dans un mélange des deux races, surtout dans un mélange opéré en Amérique, l'effervescence française un peu
dépaysée, perdra, pour une bonne part, au contact du calme,
de la raison froide et du génie entreprenant et pratique de
l'élément américain, ses élans de fanfaronnade, de légèreté
vaniteuse, ses dispositions à la critique inconsidérée et tapa-
geuse, aux sottes susceptibilités et aux sottes disputes, et
tendra à se résoudre en activité plus utile, plus sérieuse et
plus harmonique.

Cette modification de l'élément français se trouvera faci-
litée par la conscience du travail d'éducation qu'il devra lui-
même opérer sur la population américaine. Il aura, en effet,
à inoculer à celle-ci son esprit de sociabilité, son entrain
joyeux, ses facultés artistiques, ses penchants au raffinement; à élargir pour elle le domaine des sentiments, et à lui
inspirer le noble goût des idées générales. Cette importante
mission d'éducation collective ne pouvant résulter que d'une
influence morale, d'un ton à donner, l'élément français sera
conduit à se surveiller sévèrement et à tenir en bride lui-

même des écarts individuels qui ne pourraient que l'exposer, en masse, à la déconsidération de ceux sur qui il se sentira désireux d'agir à titre d'initiateur et de représentant d'un degré de sociabilité plus avancé.

La femme américaine est en possession de son droit personnel. La conquête de l'autonomie est un caractère social universel aux États-Unis : dès que l'enfant marche il a l'instinct de son droit.

La femme américaine a donc la conscience de son autonomie, bien différente en cela de la française qui, même au milieu des fumées d'encens qu'on lui prodigue assez, n'est guère encore en réalité qu'une esclave.

Une jeune fille est plus libre de ses actions à quinze ans, aux États-Unis, que souvent chez nous un jeune homme de *bonne famille* à dix-huit : elle sort seule, et quand il lui plaît; elle a ses amis à elle; elle fait avec eux des promenades à la campagne; elle les reçoit; elle a sa correspondance. Elle ne craindra pas, au besoin, d'entreprendre seule un voyage de plusieurs centaines de lieues, trouvant partout les égards qui lui sont dus, sûre de n'être exposée nulle part à aucune sorte d'indiscrétion de la part de qui que ce soit. Elle porte partout son droit et en use, sachant qu'il ne sera jamais méconnu; elle est, je le répète, un être autonome.

Mais on lui reproche d'avoir le cœur peu développé et de manquer de charme. Les vieilles idées reçues verront sans doute la cause de ces défauts dans la conquête même que je viens de signaler. Il n'en est rien. La cause réelle est toute entière dans les origines ultra-puritaines des États-Unis, dans l'état trop peu développé et encore un peu grossier de la sociabilité collective, et dans les préoccupations exclusives des hommes pour les affaires industrielles et commerciales, pour le *making money*. En donnant à l'Européenne la conscience de son droit, de sa personnalité, et faisant de celle-ci un être autonome comme elle, l'Américaine en recevra aisément, dans un milieu convenable, les dons de grâce et de sentiment qui lui manquent un peu : et les deux éléments produiront, par cet échange, un type beaucoup plus élevé et plus riche que ceux qu'ils présentent séparément l'un et l'autre.

Cette réciprocité complémentaire, bien marquée dans les choses de la sociabilité commune, se retrouve au même degré et dans les mêmes directions sur le champ des idées spéculatives, des théories et des systèmes. Là encore l'esprit européen apportera les produits d'une civilisation plus savante, plus philosophique et plus avancée, et trouvera le génie plus positif et plus réalisateur de l'Anglo-Américain, pour modérer ses caprices et régler ses aventures. Celui-ci crèvera plus d'un ballon rempli seulement d'un vague métaphysique et montrera en même temps aux Européens, qu'en pratique, rien de ce que l'homme peut positivement concevoir n'est impossible.

En somme, moi qui ai toujours pensé et qui professe encore qu'une expérimentation du régime phalanstérien, tentée en associant des familles dans les conditions serrées, pressées, raides et en outre dispendieuses, qu'une telle œuvre aurait nécessairement à subir en Europe, y offre des difficultés et des dangers qui m'en ont toujours fait repousser l'idée, je me crois hautement autorisé à avancer cette conclusion, à savoir :

Que sous le bénéfice des grandes données locales et des dispositions précédemment exposées, et à la condition de ne point se proposer prématurément, *pour but impératif*, l'expérimentation d'une théorie sociale, mais seulement la prospérité rapide de la colonisation, le Régime sociétaire pourra atteindre promptement lui-même, sur le champ nouveau, un développement déjà très-avancé et très-satisfaisant.

Les progrès de ce régime seront, en effet, d'autant plus faciles qu'il sera plus aisé de s'associer sans se gêner, de combiner ses travaux en conservant ses habitudes, de s'unir en gardant ses coudées franches ; et de se retirer de l'Association à tout instant et à volonté.

Les établissements coopératifs seront indubitablement plus aptes qu'aucun établissement individuel à la première réception des nouveaux arrivants. Les immigrants demanderont donc aux Associations, ne fût-ce que provisoirement dans leur pensée, la nourriture et une partie des soins domestiques ; ils apporteront en échange aux cultures, aux ateliers et aux affaires de ces centres le tribut de leur activité.

Le climat, les conditions de l'agriculture et le nombre, permettront d'organiser, d'emblée, des opérations en groupes rivalisés, d'ébaucher des séries et de varier facultativement les travaux plusieurs fois par jour. On se contentera d'abord d'encadrer les alternances entre les repas.

Chacun reconnaîtra aisément, au reste, comme une expérience de dix années l'a prouvé à la N. A. Ph., que l'Association est parfaitement compatible avec la liberté personnelle, la conservation de l'intérieur et des habitudes quotidiennes de la vie de famille.

Les diverses sources naturelles de bien-être, de richesse et de charme que nous avons énumérées, ajoutant leurs influences aux avantages, aux plaisirs et aux créations d'une sociabilité qui se combine, s'engrène, se développe et s'anime de plus en plus chaque jour, je ne serais nullement étonné que bon nombre de ceux qui seraient arrivés avec la pensée de former un établissement privé, se trouvassent trop bien de la vie coopérative pour songer à la quitter.

De telle sorte qu'au lieu d'avoir à regretter les facilités ménagées à l'existence séparée, il pourrait se faire qu'il fallût l'encourager par certains avantages, afin de pourvoir à l'occupation de tous les points où il importera à la colonisation d'avoir des postes.

Quoi qu'il en soit, je ne pense pas qu'il puisse rester maintenant de doutes sérieux dans vos esprits sur la question fondamentale, celle de la bonne et forte organisation des premiers centres de population coloniale, à la seule condition de se montrer fidèle aux lois directrices, aux principes de conduite pratique ci-dessus tracés. — Or, nous l'avons catégoriquement démontré, un succès de cet ordre suffirait pleinement, quel que fût, au point de vue scientifique, le sort des premières ébauches coopératives.

Que le régime de ces ébauches dépassât ou non les degrés élémentaires de la N. A. Ph., l'œuvre générale n'en serait pas moins fondée sur des bases solides, et assurée d'un développement de prospérité qui amènerait promptement à son tour celui des idées auxquelles la Société nouvelle aura dû son origine.

XXX

Le premier noyau entre dans sa seconde phase dès que les travaux de l'agriculture et des industries de nécessité ayant pris racine, il devient utile d'appeler, en proportion plus forte, les éléments aptes aux fonctions plus raffinées, capables de développer le goût, les besoins de l'esprit, la tendance au perfectionnement en toutes branches, d'éveiller et d'exciter le sentiment artistique, et de cultiver les sphères supérieures de la sociabilité humaine.

Nous avons reconnu, déjà, que dans l'hypothèse d'où nous sommes partis cette phase s'ouvrirait pendant les six derniers mois de l'annnée qui suivra l'époque préparatoire. L'organisation de la culture intellectuelle et morale, des industries supérieures et des institutions artistiques et scientifiques, suivrait ainsi, de très-près, l'établissement des bases matérielles et indispensables. En conséquence les éléments de charme collectif et de grande vie sociale, représentés déjà dans la première phase, ne tarderaient pas à être largement greffés sur ceux de la richesse agricole.

Dès qu'un premier centre est assis et en état de recevoir de nouveaux immigrants, des détachements de travailleurs entreprennent des opérations d'utilité générale et préparent des centres nouveaux. La création de ceux-ci se fait maintenant sans offrir de difficultés sérieuses; l'immigration se développe dès lors suivant la loi d'une progression géométrique croissante; elle se distribue en établissements de toutes sortes. Les noyaux coopératifs se multiplient, et la variété de leurs institutions, les rivalités émulatives qui les excitent à se surpasser, les secours qu'ils se portent, les améliorations qu'ils s'empruntent les uns les autres, ne tardent pas à perfectionner les premières ébauches, à raffiner les organismes et à réaliser bientôt des phénomènes décisifs d'attrait collectif, de haute vie sociale et d'harmonie collective.

Mettons maintenant les choses au pire en supposant que les premières organisations présenteraient des difficultés telles que les établissements d'origine n'auraient point suffi à résoudre pratiquement le problème de l'Ordre combiné. Hé bien! dans ce cas nous retombons sur notre solution européenne : *l'organisation des groupes et séries de l'enfance et de l'adolescence*, — et cette fois nous l'entreprenons *chez nous, en pleine liberté, et avec toutes les ressources nécessaires.*

Loin que la société ambiante en empêche ou en entrave l'établissement, c'est elle, ici, qui le réclame et qui l'exige.

Elle le réclame parce que l'Idée au nom de laquelle elle a été fondée et qui s'est développée de plus en plus vigoureusement dans son sein, marche à son incarnation expérimentale aussi naturellement et nécessairement qu'un végétal produit ses fleurs et ses fruits quand il a développé ses racines et ses feuilles. Elle l'exige, parce que ses enfants sont là, et qu'il *faut* organiser des institutions d'éducation pour la génération nouvelle.

Donc, dès qu'on suppose un premier noyau établi, une tête de pont jetée sur les terres de la colonie, et le mouvement régulièrement imprimé à l'immigration, deux ou trois ans pourraient à peine s'écouler, au pis-aller, avant que surgissent les expérimentations sociales, et cela, *au sein des conditions les plus désirables*.

Ceci posé et acquis, que chacun de nous se demande à lui-même si le terrain de l'Europe, — quelque hypothèse que l'on fasse sur les choses qui peuvent survenir, — offre à la réalisation de l'Idée dont nous avons charge, des chances comparables à une perspective aussi prochaine et aussi sûre ?

Pour moi, ma réponse est faite. Il arriverait demain telles circonstances qui me permettraient de rentrer en France à mon aise, que je n'en serais pas moins, dans quelques mois, sur la route du Texas. La réalisation de l'œuvre à laquelle ma vie appartient est là : j'y vais.

Aussi, la question n'est plus, pour moi, de savoir si la chose proposée se fera. Ce qui reste seulement en question, c'est l'échelle de proportion sur laquelle elle pourra débuter, — question importante, sans doute, mais cependant secondaire. Ceci, mes amis, dépendra de vous et de vos concours.

XXXI

Je ne terminerai pas sans toucher un point sur lequel les esprits à qui ce Rapport s'adresse ont besoin d'être édifiés. Je veux parler des conséquences sociales, ultérieures et extérieures, de la fondation proposée.

Quand nous n'avons pas un peu voyagé, nous sommes tous plus ou moins atteints de myopie européenne. J'entends par là que nous nous figurons volontiers, — parce qu'il en a été ainsi pendant de longs siècles, — que l'Europe est tout, et que c'est en Europe seulement que se joue le grand jeu de la Destinée de l'Humanité. Nous sommes disposés à n'attribuer qu'une influence bien faible encore aux faits progressifs, quelque considérables qu'ils soient en eux-mêmes, s'ils s'accomplissent *trop loin.* — Trop loin signifie trop loin de nous, cela va sans dire.

Or, c'est là aujourd'hui un préjugé de clocher, ni plus ni moins; et je ne veux que deux heures passées à New-York, à Boston ou à Philadelphie pour en débarrasser l'européaniste le plus décidé. — Deux mots donc sur ce sujet pour ceux qui n'ont pas eu ces deux heures.

Ici, ce n'est plus le succès de l'entreprise qui est en question. L'objection se présente sous cette forme : — « Soit ! nous avons réussi : la colonie nouvelle est fondée; le mécanisme sériaire lui-même est réalisé et fonctionne conformément aux prévisions de la théorie. Quelle influence ces faits auront-ils sur le monde ? Le champ de preuves n'est-il pas trop loin de la civilisation, du grand théâtre du mouvement social, du champ de bataille où se décide la question de l'Avenir ? La solution sera donnée, sans doute, et la preuve faite; mais faite au désert, et l'humanité vivante n'en saurait profiter. »

Cherchons à nous rendre un compte exact des choses, et, pour cela, représentons-nous bien, d'abord, les faits réalisés.

Nous avons réussi et la Société nouvelle est fondée.— Qu'est-ce que cela signifie ? — Analysons.

Les domaines de la colonie sont occupés par une population déjà considérable et toujours croissante, qui y a importé non-seulement les instruments de travail et les procédés les plus puissants de la science et de l'industrie modernes, mais encore les conquêtes les plus avancées du génie humain dans le champ des idées générales et progressives.

Les terres brutes ont acquis des valeurs énormes, et ces plus-values, transformées en capitaux de circulation, restent, pour la plupart, engagées dans l'œuvre des développements ultérieurs et de plus en plus féconds de l'œuvre primitive. — Il est probable, en effet, que même une grande partie des plus-values attribuées à la rémunération des capitaux de fondation se replaceront dans les opérations subséquentes.

Des communications faciles et rapides avec les grandes artères de la civilisation américaine sont établies.

La colonie a doublé, triplé, décuplé l'étendue primitive de ses domaines au moyen d'une double opération qui consiste à bénéficier sur des ventes de terres voisines de ses premiers établissements, et à se porter toujours en avant sur les terres vierges, dont la préparation et la conquête sont devenues l'une de ses industries.

Entretemps, la population des régions sous-jacentes s'est elle-même accrue considérablement. Les chemins de fer, précédés par le télégraphe électrique, s'approchent de nos domaines. Les arts, les sciences, les plaisirs, le luxe collectif, le raffinement de la population, la haute éducation, toutes les fleurs de la vie sociale, en un mot, s'épanouissent sur les couches profondes de la richesse publique, dans un milieu aimanté par la Foi nouvelle de l'humanité.

Les essais multipliés et variés des combinaisons organiques destinées à résoudre les problèmes sociaux amenés par le cours des temps, ont porté leurs fruits. L'expérience a fait justice des erreurs et donné un corps à la vérité. L'Ordre Nouveau n'est plus en germe seulement dans des théories et des idées ; il a trouvé ses formes, ses lois pratiques. C'est une société qui se développe, qui crée et agit. Elle parle, elle écrit, elle imprime, elle commerce avec le monde extérieur. Elle vit et elle rayonne.

Et quel lieu occupe ce foyer ?

Il est situé dans une région que va traverser une des grandes artères des Etats-Unis d'Amérique, le seul pays du monde où fleurisse aujourd'hui une civilisation jeune, vigoureuse, progressive et vraiment moderne dans son caractère et ses éléments, — les civilisations européennes étant visiblement engagées depuis le commencement de ce siècle dans les terribles passes de la 5ᵉ à la 4ᵉ phase, et les issues régulières et pacifiques ayant été manquées...

Un examen général et scientifique de l'état actuel de l'Europe ne serait pas sans utilité ici ; mais outre que je ne puis m'engager accidentellement dans une question aussi considérable, chacun de nous a sa provision de réflexions sur un tel sujet.

Il est certain que les antagonismes de différents ordres, que les civilisations européennes portent dans leurs flancs, s'y sont constitués à un état d'exaspération implacable. Le tableau fameux qu'en traçait Fourier en 1808, dans l'Épilogue de la *Théorie des quatre Mouvements*, est plus vrai aujourd'hui que jamais, et déjà nous avons assisté au prélude de ces *guerres sociales* que nous n'avons cessé d'annoncer pendant dix-huit ans, comme l'un des termes de l'inévitable dilemme de l'époque. Quel temps faudrait-il à ces antagonismes pour se résoudre ou pour se supprimer ? Question sombre.

Or, tandis que l'Europe est ainsi engagée, l'Amérique fait son œuvre et prépare son rôle qui, à mes yeux du moins, n'est plus une hypothèse. L'Amérique est, aujourd'hui déjà et dans la grande signification historique du mot, l'*Occident du Monde*.

Ce que la jeune Europe a été à la vieille Asie, la jeune Amérique le devient à la vieille Europe. C'est le même mouvement ; seulement les siècles, si lents dans l'antiquité, vont aujourd'hui à la vapeur.

Quand on observe la marche générale de l'humanité, on reconnaît facilement que le progrès, en se faisant dans le temps, se déplaçait dans l'espace, et que le foyer de lumière et d'impulsion sociale a toujours procédé d'Orient en Occident, comme le soleil.

La civilisation américaine est issue de notre civilisation gréco-romaine, comme celle-ci était venue de l'Égypte et de l'Asie. Tout indique que la phase d'évolution des cinq Sociétés préparatoires doit se clore sur le nouveau continent, où elle achève son tour du monde. — Les faits s'accordent singulièrement déjà avec l'expression de cette loi.

Ce qui constitue l'énorme supériorité virtuelle de la civilisation américaine sur la nôtre, c'est que celle-ci étant *fille de la guerre*, n'a été longtemps qu'une pure organisation de la conquête. Les *Éléments modernes*, — la Science, l'Industrie; le Commerce, le Travail, la Paix, la Liberté, — n'y devaient opérer leur lent dégagement qu'au prix de combats séculaires; et, à l'heure qu'il est, malgré tous les progrès accomplis, là société européenne est encore toute imprégnée des virus traditionnels de son origine violente et barbare. — Ce sont, au contraire, ces éléments modernes qui ont, eux-mêmes fondé la civilisation américaine.

Aussi, tandis que sur l'ancien continent ces éléments se consument en luttes sans cesse renaissantes contre le milieu ambiant, ils trouvent sur le nouveau une société faite par eux et par conséquent un champ libre et illimité ouvert à leurs réalisations.

Telles sont les causes. Quels sont les effets?

Les deux tableaux suivants, que j'emprunte à un livre publié par M. Goodrich, ex-consul des États-Unis à Paris, les exposent avec la plus péremptoire éloquence.

POPULATION PROGRESSIVE DES PRINCIPALES VILLES.

Villes principales.......	1790	1800	1810	1820	1830	1840	1850
Portland (Maine).......	»	3 677	7 169	8 581	12 601	15 218	26 819
Bangor..............	»	»	850	1 221	2 867	8 627	14 441
Manchester (New-Ham)	»	»	615	761	877	3 235	18 933
Boston (Massach).....	18 038	24 027	32 250	43 298	61 392	93 383	138 788
Lowel...............	»	»	»	»	6 474	20 796	32 964
Springfield	»	»	2 767	3 914	6 784	10 985	21 602
Salem................	7 921	9 457	12 613	12 721	13 886	15 082	18 846
Lawrence	»	»	»	»	»	»	18 341
Providence (Rh. Isl.)..	»	7 614	10 071	11 767	16 832	23 171	41 513
New-Haven (Connect.).	»	»	5 772	7 147	10 180	14 890	22 539
Hartford	»	»	3 965	4 726	7 074	12 793	17 966
New-York (N. Y.).....	33 131	60 489	96 373	123 706	203 007	312 710	515 394
Brooklyn.............	»	3 298	4 402	7 175	12 042	36 223	96 850
Albany...............	3 498	5 349	9 356	12 630	24 238	33 721	50 771
Buffalo...............	»	»	1 508	2 095	8 653	18 213	40 266
Rochester............	»	»	»	1 502	9 269	20 191	36 561
Williamsburg	»	»	»	»	1 620	5 680	30 786
Troy.................	»	»	3 885	5 264	11 401	19 334	28 785
Syracuse.............	»	»	»	»	»	6 502	22 235
Utica	»	»	»	2 972	8 323	12 783	17 240
Newark (New-Jers). ..	»	»	»	6 507	10 953	17 296	38 885
Paterson.............	»	»	»	»	»	7 596	21 341
Philadelphia (Pensyl.).	42 520	70 287	96 664	108 116	167 188	258 037	409 353
Pittsburg............	»	1 565	4 768	7 248	12 542	21 115	50 519
Baltimore (Maryl.).....	13 503	26 614	46 555	62 738	80 625	134 379	169 012
Washington	»	3 210	8 205	13 247	18 827	23 364	40 001
Richmond (Virg,).....	»	5 537	9 738	12 046	16 060	20 153	27 483
Charleston (Car. du S.).	16 359	18 712	24 711	24 480	30 289	29 261	42 806
Savannah (Georgie)...	»	»	»	7 523	9 748	11 214	27 841
Mobile (Alab.).........	»	»	»	»	3 194	12 672	20 513
Nashville (Tenn.).....	»	»	»	»	7 566	6 929	17 502
Louisville (Kent.).......	»	»	1 357	4 012	10 352	21 210	43 217
Cincinnati (Ohio)......	»	750	2 540	9 644	24 831	46 448	116 408
Columbus.............	»	»	»	»	2 435	6 048	17 367
Cleveland............	»	»	547	606	1 076	6 071	17 074
Détroit (Mich.)........	»	»	»	1 422	2 222	9 102	21 057
Chicago (Illin.)........	»	»	»	»	»	4 479	28 269
Milwaukie (Wisc.).....	»	»	»	»	»	1 700	20 026
Saint-Louis (Miss.)....	»	»	»	4 598	5 852	16 469	82 744
Nouv.-Orléans (Louis.)	»	»	17 242	27 176	46 310	102 193	119 285
San Francisco (Calif.)..	»	»	»	»	»	»	25 000

11

PROGRÈS DES ÉTATS-UNIS EN 57 ANNÉES (1).

ANNÉES.	1793	1851
Nombre des États.......................	15	31
Recettes du Trésor.............. dollars	5 720 624	43 774 848
Dépenses de l'État............... dol.	7 529 575	39 355 268
Importations .... dol.	31 000 000	178 138 318
Exportation.................... dol.	26 109 000	151 898 720
Tonnage de la marine marchande.........	520 764	3 535 454
Étendue des États-Unis en mille carrés....	805 461	3 314 365
Personnel de l'armée..................	5 120	10 000
Milice enrôlée.......................	»	2 006 456
Marine des États-Unis (vaisseaux)........	(aucun)	76
— armement (artillerie).......'....	»	2 012
Phares et bateaux-phares...............	12	372
Milles de chemins de fer en activité.......	»	10 287
Dépense desdits......................	»	306 607 954
Milles de chemins de fer en construction...	»	10 092
Lignes télégraphiques, en milles.........	»	15 000
Nombre des bureaux de poste............	209	21 551
Milles de routes de poste...............	5 642	178 762
Revenu des postes.............. dollars	104 747	5 592 971
Dépense du département des postes dol.	72 040	5 212 953
Nombre de milles des transports.........	»	46 541 423
Colléges.............................	19	121
Bibliothèques publiques...............	35	694
Volumes de la bibliothèque.............	75 000	2 201 632
Bibliothèques des écoles...............	»	10 000
Volumes de ces bibliothèques...........	»	2 000 000
Émigrants de l'Europe aux États-Unis....	10 000	315 333
Fabrication des minerais......... dollars	9 664	52 019 465

(1) Les renseignements ci-dessus sont empruntés à un discours prononcé le 4 juillet 1851, à Washington, par M. Webster, secrétaire d'État.

Les documents officiels que ces deux petits tableaux résu
ment, sont, dans leur genre, une page d'histoire pratique
telle qu'il n'en a pas été écrite de semblable par aucun peuple
de la terre.

Et, peut-être, la loi de développement qu'ils accusent est-
elle destinée à croître encore de vitesse. C'est, du moins, ce
que tendraient à faire présumer des chiffres tout récents
tels que ceux-ci :

Produits en	1841	1851	1853
du Central New-York rail road : d.	763 289	3 157 696	5 040 000
Eries r.r. d.		2 776 019	4 318 910
Baltimore and Ohio r.r. d.	391 274	1 658 760	2 480 962

Et cet autre :

Produit en	1852	1853
Des ventes des terres publiques d.	946 037	4 720 191

La vente des terres publiques quintuplée en une année!
On attribue cette augmentation à l'extension du système des
chemins de fer, c'est-à-dire au développement du moyen de
progrès le plus énergique que la civilisation connaisse encore.

La puissance d'absorption qu'exerce le nouveau monde
sur l'ancien s'accroît de toute l'intensité des complica-
tions politiques et sociales de l'Europe. Les merveilleux
perfectionnements des voies de transport, sur mer et sur
terre, lui viennent encore en aide.

On peut très-rationnellement considérer la masse humaine, et particulièrement celle des nations civilisées, comme
un liquide dont la fluidité croit en raison de la facilité des
communications, et qui se distribue sur la surface de la
sphère terrestre, sous l'influence de deux sortes de forces,
les unes attractives, les autres répulsives.

Or, évidemment, depuis deux siècles, le trop plein relatif
de l'Europe se déverse sur le Nouveau-Continent comme s'il
était soumis à l'action d'un gigantesque mécanisme à mouvement progressivement accéléré, et à double effet, du

genre des pompes aspirantes et foulantes. L'Amérique attire, l'Europe expulse.

Les causes de ce double phénomène sont, pour les Etats-Unis d'Amérique, les virtualités d'un sol neuf, riche et en quelque sorte illimité, les libertés politiques et sociales, l'économie administrative, les conditions faites au travail par la paix et par l'élan industrieux et progressif de la race toute entière. Pour l'Europe et ses Etats désunis, les causes sont la misère générale, l'appropriation et le haut prix des terres, l'incertitude et le bas prix du travail, les colossales dimensions des budgets et des systèmes militaires (même sur le pied dit de paix), la guerre toujours imminente, et l'état révolutionnaire chronique.

Ces causes sont trop profondes pour pouvoir être appelées accidentelles. Elles tiennent à des situations données dans la grande histoire dont les personnages sont des races entières, et la sphère terrestre le théâtre.

Vue dans son ensemble, la civilisation se polarise aujourd'hui sur le globe. Le travail de cette polarisation est même tellement avancé que la langue vulgaire a déjà deux mots pour l'exprimer : la vieille Europe, la jeune Amérique. — Les caractères contrastés de cette double formation sont faciles à déduire.

La Californie et l'Orégon se peuplent rapidement ; le centre de l'Utah sera bientôt occupé par un État ; et les deux flancs, Atlantique et Pacifique, de la Fédération, anastomosés par un système intérieur de voies de fer, ne tarderont pas à se souder solidement.

Les espaces compris entre les deux Océans, faisant face d'un côté à la Chine et à l'Inde, de l'autre à l'Europe et à l'Afrique, compteront dans 25 ans 50 millions d'hommes, et 100 millions à la fin du siècle. Les immenses vallées du Mississipi et du Missouri, naguère extrême frontière du colosse américain, en seront bientôt e cœur, et l'on verra, pour la première fois dans les annales de l'humanité, un grand peuple assis sur la dorsale du globe, en occupant les versants dans les deux bassins généraux du monde, l'Occident et l'Orient.

Ce coup d'œil, tout sommaire qu'il soit, et quoi qu'il y eût à dire encore, suffit, je pense, pour que l'on se décide à faire, dès aujourd'hui, aux États-Unis d'Amérique, une place dans la grande histoire de l'Humanité. L'Europe, certainement, ne tardera pas à reconnaître qu'ils en ont une....

XXXII

Quelques mots encore, et ce n'est pas moi qui les dirai.

« Un homme vient à naître; ses premières années se passent obscurément parmi les plaisirs et les travaux de l'enfance. Il grandit; la virilité commence; les portes du monde s'ouvrent enfin pour le recevoir; il entre en contact avec ses semblables. On l'étudie alors pour la première fois, et l'on croit voir se former en lui les vices et les vertus de son âge mûr.

» C'est là, si je ne me trompe, une grande erreur.

» Remontez en arrière; examinez l'enfant jusque dans les bras de sa mère; voyez le monde extérieur se refléter pour la première fois sur le miroir encore obscur de son intelligence; contemplez les premiers exemples qui frappent ses regards; écoutez les premières paroles qui éveillent chez lui les jouissances endormies de la pensée; assistez enfin aux premières luttes qu'il a à soutenir, et alors seulement vous comprendrez d'où viennent les préjugés, les habitudes et les passions qui vont dominer sa vie. L'homme est, pour ainsi dire, tout entier dans les langes de son berceau.

» Il se passe quelque chose d'analogue chez les nations. Les peuples se ressentent toujours de leur origine. Les circonstances qui ont accompagné leur naissance et servi à leur développement influent sur tout le reste de leur carrière.

» S'il nous était possible de remonter jusqu'aux éléments

des sociétés, et d'examiner les premiers monuments de leur histoire, je ne doute pas que nous puissions y découvrir la cause première des préjugés, des habitudes, des passions dominantes, de tout ce qui compose enfin ce qu'on appelle le caractère national.....

» L'Amérique est le seul pays où l'on ait pu assister aux développements naturels et tranquilles d'une société, et où il ait été possible de préciser l'influence exercée par le point de départ sur l'avenir des États.....»

Après avoir constaté l'existence d'une teinte générale, commune à toutes les colonies anglaises qui formèrent la souche des États-Unis, l'auteur dit :

» On peut distinguer dans la grande famille anglo-américaine deux rejetons principaux qui, jusqu'à présent, ont grandi sans se confondre entièrement, l'un au Sud, l'autre au Nord.

» La Virginie reçut la première colonie anglaise. Les émigrants y arrivèrent en 1607. L'Europe, à cette époque, était encore singulièrement préoccupée de l'idée que les mines d'or et d'argent font la richesse des peuples : idée funeste qui a plus appauvri les nations européennes qui s'y sont livrées, et détruit plus d'hommes en Amérique, que la guerre et toutes les mauvaises lois ensemble. Ce furent donc des chercheurs d'or que l'on envoya en Virgine, gens sans ressources et sans conduite, dont l'esprit inquiet et turbulent troubla l'enfance de la colonie et en rendit les progrès incertains. Ensuite arrivèrent les industriels et les cultivateurs, race plus morale et plus tranquille, mais qui ne s'élevait presque en aucuns points au-dessus du niveau des classes inférieures d'Angleterre. Aucune noble pensée, aucune combinaison immatérielle ne présida à la fondation des nouveaux établissements. A peine la colonie était-elle créée qu'on y introduisait l'esclavage; ce fut là le fait capital qui devait amener une immense influence sur le caractère, les lois et l'avenir tout entier du Sud.....

» C'est dans les colonies anglaises du Nord, plus connues sous le nom de Nouvelle-Angleterre, que se sont combinées les deux ou trois idées principales qui aujourd'hui forment les bases de la théorie sociale aux Etats-Unis. Les principes de la Nouvelle-Angleterre se sont d'abord répandus dans les États voisins ; ils ont ensuite gagné de proche en proche les plus éloignés, et ont fini, si je puis m'exprimer ainsi, par pénétrer la confédération entière. Ils exercent maintenant leur influence au delà de ses limites sur le monde américain...

» La fondation de la Nouvelle-Angleterre a offert un spectacle nouveau. Tout y était singulier et original.

» Presque toutes les colonies ont eu pour premiers habitants des hommes sans éducation et sans ressources, que la misère et l'inconduite poussèrent hors du pays qui les avait vus naître, ou des spéculateurs avides et des entrepreneurs d'industrie.....

» Les émigrants qui vinrent s'établir sur les rivages de la Nouvelle-Angleterre appartenaient tous aux classes aisées de la mère-patrie. Leur réunion sur le sol américain présenta, dès l'origine, le singulier phénomène d'une société où il ne se trouvait ni grands seigneurs ni peuple, et, pour ainsi dire, ni pauvres ni riches. Il y avait, à proportion gardée, une plus grande masse de lumières répandue parmi ces hommes que dans le sein d'aucune nation européenne de nos jours. Tous, sans en excepter peut-être un seul, avaient reçu une éducation assez avancée, et plusieurs d'entre eux s'étaient fait connaître en Europe par leurs talents et leur science. Les autres colonies avaient été fondées par des aventuriers sans famille ; les émigrants de la Nouvelle-Angleterre apportaient avec eux d'admirables éléments d'ordre et de moralité ; ils se rendaient au désert accompagnés de leurs femmes et de leurs enfants. Mais ce qui les distinguait surtout de tous les autres, était le but même de leur entreprise. Ce n'était point la nécessité qui les forçait d'abandonner leur pays; ils y laissaient une position sociale regrettable et les moyens de vivre assurés; ils ne passaient point non plus dans le nouveau monde afin d'y améliorer leur situation ou d'y accroître leurs richesses; ils s'arrachaient aux douceurs de la patrie pour obéir à un besoin purement intellectuel; en s'imposant aux misères inévitables de l'exil, ils voulaient faire triompher *une idée*.

» Les émigrants, ou, comme ils s'appelaient si bien eux-mêmes, les *pèlerins* (pilgrims) appartenaient à cette secte d'Angleterre à laquelle l'austérité de ses principes avait fait donner le nom de puritaine. Le puritanisme n'était pas seulement une doctrine religieuse; il se confondait encore sur plusieurs points avec les théories démocratiques et républicaines les plus absolues. De là lui étaient venus ses plus redoutables adversaires. Persécutés par le gouvernement de la mère-patrie, blessés dans la rigueur de leurs principes par la marche journalière de la société au sein de laquelle ils vivaient, les puritains cherchèrent une terre si barbare et si abandonnée du monde, qu'il fût encore permis d'y vivre à sa manière et d'y prier Dieu en liberté.

» Les émigrants étaient au nombre de cent cinquante à peu près, tant hommes que femmes et enfants...... On montre encore le rocher où descendirent les pèlerins. »

L'auteur dit en note : « Ce rocher est devenu un objet de vénération aux États-Unis; j'en ai vu des fragments conservés avec soin dans plusieurs villes de l'Union. Ceci ne montre-t-il pas bien clairement que la puissance et la grandeur de l'homme est tout entière dans son âme? Voici une pierre que les pieds de quelques misérables touchent un instant, et cette pierre devient célèbre; elle attire les regards d'un grand peuple; on en vénère les débris, on s'en partage la poussière. Qu'est devenu le seuil de tant de palais? Qui s'en inquiète? »

Il reprend :

« Il ne faut pas croire que la piété des puritains fût seulement spéculative, ni qu'elle se montrât étrangère à la marche des choses humaines. Le puritanisme, comme je l'ai dit plus haut, était presque autant une théorie politique qu'une doctrine religieuse. A peine débarqués sur ce rivage inhospitalier, le premier soin des émigrants est de s'organiser en société. Ils passent immédiatement un acte qui porte :

« Nous, dont les noms suivent, qui, pour la gloire de
» Dieu, le développement de la foi chrétienne et l'honneur
» de notre patrie, avons entrepris d'établir la première co-
» lonie sur ces rivages reculés, nous convenons, dans ces
» présentes, par consentement mutuel et solennel, et devant
» Dieu, de nous former en corps de société politique, dans
» le but de nous gouverner, et de travailler à l'accomplisse-
» ment de nos desseins; et en vertu de ce contrat, nous con-
» venons de promulguer des lois, actes, ordonnances, et
» d'instituer, selon les besoins, des magistrats auxquels nous
» promettons soumission et obéissance. »

« Ceci se passait en 1620. A partir de cette époque, l'émigration ne s'arrêta plus; les passions religieuses et politiques qui déchirèrent l'empire britannique pendant tout le règne de Charles Ier, poussèrent chaque année, sur les côtes de l'Amérique, de nouveaux essaims de sectaires. En Angleterre, le foyer du puritanisme continuait à se trouver placé dans les classes moyennes; c'est du sein des classes moyennes que sortaient la plupart des émigrants. La population de la Nouvelle-Angleterre croissait rapidement, et tandis que la hiérarchie des rangs classait encore despotiquement les hommes dans la mère-patrie, la colonie présentait de plus en plus le spectacle nouveau d'une société homogène dans toutes ses parties. La démocratie, telle que n'avait point osé le rêver l'antiquité, s'échappait toute grande et toute armée du milieu de la vieille société féodale. »

Après avoir donné une idée de la législation pénale primitive, inspiration directe du rigorisme puritain et souvent de la plus odieuse intolérance, l'auteur ajoute :

« A côté de cette législation pénale, si fortement empreinte
de l'étroit esprit de secte et de toutes les passions religieuses
que la persécution avait exaltées et qui fermentaient encore
au fond des âmes, se trouve placé, et en quelque sorte en-
chaîné avec elle, un corps de loi politique qui, tracé il y a
deux cents ans, semble encore devancer de très-loin l'esprit
de liberté de notre âge.

» Les principes généraux sur lesquels reposent les consti-
tutions modernes, ces principes, que la plupart des Européens du XVIIe siècle comprenaient à peine, et qui triom-
phaient alors incomplètement dans la Grande-Bretagne, sont
tous reconnus et fixés par les lois de la Nouvelle Angleterre :
l'intervention du peuple dans les affaires publiques, le vote
libre de l'impôt, la responsabilité des agents du pouvoir, la
liberté individuelle et le jugement du jury, y sont établis
sans discussion et en fait.

» Ces principes générateurs y reçoivent une application et
des développements qu'aucune nation de l'Europe n'a encore
osé leur donner.....

» Chez la plupart des nations européennes, l'existence
politique a commencé dans les régions supérieures de la
société, et s'est communiquée peu à peu, et toujours d'une
manière incomplète, aux diverses parties du corps social.
En Amérique, au contraire, on peut dire que la commune a
été organisée avant le comté, le comté avant l'État, l'État
avant l'Union.....

» Lorsqu'après avoir ainsi jeté un regard rapide sur la société américaine de 1650, on examine l'état de l'Europe et
particulièrement celui du continent, vers cette même époque, on se sent pénétré d'un profond étonnement : sur le
continent de l'Europe, au commencement du XVIIe siècle,
triomphait de toutes parts la royauté absolue sur les débris
de la liberté oligarchique et féodale du moyen âge. Dans le
sein de cette Europe brillante et littéraire, jamais peut-être
l'idée des droits n'avait été plus complétement méconnue;

jamais les peuples n'avaient moins vécu de la vie politique;
jamais les notions de la vraie liberté n'avaient moins préoc-
cupé les esprits, et c'est alors que ces mêmes principes, in-
connus aux nations européennes ou méprisés par elles,
étaient proclamés dans les déserts du Nouveau-Monde, et
devenaient le symbole futur d'un grand peuple; les plus
hardies théories de l'esprit humain étaient réduites en pratique dans cette société si humble en apparence, et dont
aucun homme d'État n'eût sans doute alors daigné s'occuper. »

Dans un autre passage le même auteur dit :

« Les émigrants qui vinrent se fixer en Amérique au commencement du XVIIᵉ siècle, dégagèrent, en quelque façon,
le principe de la démocratie de tous ceux contre lesquels il
luttait dans le sein des vieilles sociétés de l'Europe, et ils le
transplantèrent sur les rivages du Nouveau-Monde. Là, il a
pu grandir en liberté, et marchant avec les mœurs, se développer paisiblement dans les lois. »

XXXIII

Le milieu du XIXᵉ siècle n'est pas le commencement du
XVIIᵉ, et les *théories les plus avancées de l'époque* ne sont
liées, dans notre esprit, à aucun fanatisme étroit et aveu-
gle. A cela près, les situations, à deux cent cinquante ans
de distance, ont des analogies tellement saisissantes, que
tout commentaire de ces lignes serait oiseux (1).

***

(1) De qui sont-elles, ces lignes ? — D'un « homme d'état » très-clair-
voyant dans l'histoire de l'origine et du développement des *idées avancées* d'il y a deux siècles, qui n'en aura pas moins traité celles de son
temps, comme il fait remarquer que traitaient celles du leur ses analogues du XVIIᵉ siècle. Voy. *De la Démocratie en Amérique par Alexis
de Tocqueville*. Tom. I, Introd. et chap. II *passim*.

La carte du Texas annexée à ce rapport donne le tracé d'un projet de chemin de fer qui, entrant dans l'État par Fulton, sur la rivière Rouge, vient couper la Trinité au voisinage d'Athènes, se dirige sur le fort Gates, et remonte de là sur le Del Norte qu'il atteint à El Paso.

J'ai dit, page 75, que nous avions rencontré, à notre retour, des capitalistes de New-York qui venaient voir « ce qu'il y avait à faire au Texas, » et je prédisais que les entreprises du Nord ne tarderaient pas à descendre dans le pays. — Mes prévisions sont gagnées de vitesse. Je ne m'attendais pas, je l'avoue, à recevoir aussitôt communication du tracé d'une ligne telle que celle-ci, et de la conclusion d'une convention du gouvernement texien à ce sujet.

La chose est faite. Quoique le tracé ne soit pas encore arrêté définitivement, la législature texienne n'en a pas moins rendu une loi par laquelle elle concède 15 000 acres de terre (trois lieues carrées de 1 600 hectares), par mille de chemin de fer, à la Compagnie qui propose l'exécution. — Voilà comment là-bas, vont les choses.

Cette ligne traverse l'État de l'Arkansas et va joindre le Mississipi, c'est-à-dire le système de la grande circulation des États de l'Atlantique, à Memphis. D'El Paso à Memphis, 400 lieues de 25 au degré. La ligne doit être continuée jusqu'en Californie.

La communication intérieure des États du Sud avec ceux du Pacifique se fera indubitablement par le Texas. Joignez cela à ce que vous savez de ce pays.

Je le dis sans la moindre crainte d'erreur, s'il existe une contrée au monde admirablement disposée pour recevoir l'atelier d'élaboration pratique du problème de la Destinée sociale, c'est le Texas. Que l'alvéole de la Société Nouvelle soit élevée sur ces terres aujourd'hui désertes, mais que des flots de population humaine envahiront demain, et bientôt des milliers d'organisations analogues surgiront sans difficulté et comme par enchantement autour des premiers spécimens.

Comme preuve et épreuve de sa puissance d'assimilation et de sa supériorité décisive sur les formes antérieures, l'Organisme social nouveau aura, à son voisinage, au nord, la Sauvagerie, — que la civilisation américaine ne sait que détruire, ce qui est son grand crime; — au sud, l'Esclavage, que cette civilisation est impuissante à transformer, ce qui est sa grande plaie.

Mais admettons que rien ne sera fait tant qu'un spécimen de l'Ordre nouveau ne sera pas fondé à la porte d'une de nos capitales européennes. Hé bien! est-ce que, encore, le plus court chemin pour arriver là n'est pas aujourd'hui de porter l'Idée nouvelle sur un champ libre, où il soit possible et facile de lui donner promptement un corps, d'en faire une réalité tangible et vivante?

Mais, je vous le dis en vérité, l'état des choses européennes fût-il demain tout autre, ce serait encore hors de l'Europe qu'il faudrait, demain, songer à résoudre le problème social.— Ce problème, qui est la grosse affaire du siècle, est posé aujourd'hui en Europe d'une manière telle, que de longtemps il ne sera facile de l'y résoudre tranquillement et scientifiquement s'il n'a d'abord été expérimenté ailleurs..... *Qui habet aures audiendi audiat.*

Il ne s'agit pas d'abandonner la patrie européenne; il s'agit, encore et toujours, de préparer son salut et celui du monde.

FIN DU RAPPORT.

J'ai trouvé en Amérique une lettre originale de Fourier dont il n'est ni sans opportunité, ni sans intérêt de reproduire ici la copie.

A M. JOHN BARNET, CONSUL DES ÉTATS-UNIS, A PARIS.

Paris, 30 décembre 1823.

Monsieur,

Aucun pays n'est plus intéressé que le vôtre au prompt essai de la découverte que je publie. Vous avez besoin de policer vos féroces voisins les Creeks, les Cherokees, etc.; ces sauvages, de même que toutes les hordes, ne s'enrôleront à l'agriculture qu'autant qu'on la leur présentera dans l'ordre naturel et attrayant, ordre des *séries contrastées*.

L'épreuve qui doit déterminer l'adhésion de tous ces sauvages, sera encore moins coûteuse aux États-Unis qu'en Europe; car les terres et les bois de construction abondent en Amérique. D'ailleurs tant de petites colonies, Nashville, New-Vevay, etc., peuvent affecter cent familles à cet essai.

Un avantage particulier pour les États-Unis sera de recevoir, dès le début de l'Association, des versements périodiques d'Europe; ils en reçoivent déjà, mais seulement quelques essaims de misérables, et non pas des masses régulièrement et annuellement versées, des colonnes de 2 à 300 000 habitants qui leur arriveront chaque année d'Europe et de Chine; renforts qui modifieraient et adouciraient bien vite la température.

La découverte dont ce Sommaire donne avis, sera annoncée dans peu de jours par les journaux selon la promesse qu'ils m'en ont faite; mais souvent ces promesses de prompte annonce ne sont pas réalisées au bout de 6 mois. J'en ai déjà fait une fois l'épreuve. C'est pour cette raison que je fais moi-même l'annonce au moyen d'un Sommaire distribué à domicile.

Pourrais-je savoir par votre entremise le nom et la demeure de quelques-uns des Américains notables qui se trouvent à Paris et à qui il conviendrait d'envoyer ce Sommaire? Je crois pouvoir sans indiscrétion vous demander ce renseignement qu'il serait facile à votre secrétaire de me communiquer.

J'ai l'honneur d'être avec une considération distinguée, votre très-humble serviteur,

CH. FOURIER.

Rue Neuve-St-Roch, hôtel St-Roch.

P.-S. Pendant 24 ans de recherches sur l'Association, je n'avais jamais songé à déterminer les plus bas degrés, page 4; je m'étais arrêté au 6ᵉ.

J'ai depuis peu reconnu qu'on peut simplifier l'opération au point de borner le capital de la fondation à 600 mille fr. (Banque rurale, page 8 bis.) Quelle facilité pour les États-Unis qui ont un besoin immense de cette innovation!

Au-dessous de la lettre originale se trouve cette annotation du consul.

Recd dec. 29th 1823. — Monday f2, p 30.

— *Whilst putting up my packet for the Marmion and forward to professor Griscom without examination.*
The work appearing at a glance however as either a genuine curiosity or the emanation of a disturbed brain.

J. C. BARNET.

L'original est entre les mains de M. Griscom de la N. A. Ph., cousin du professeur Griscom, à qui M. Barnet l'avait adressé.

PREMIÈRES INSTRUCTIONS

POUR LES PERSONNES DISPOSÉES A CONCOURIR A LA COLONISATION
EUROPÉO-AMÉRICAINE, AU TEXAS.

———

On peut concourir à l'œuvre proposée, soit avec le dessin de s'y engager corps et biens, soit en conservant sa position actuelle.

L'opération réclame des capitaux, des hommes, des industries et des idées.

a 1) Il résulte des faits énoncés dans le Rapport, que la chose la plus pressante est de réunir un premier groupe de capitaux destinés à l'acquisition d'une certaine quantité de head-rights ou bons au porteur du Texas.

Le prix des head-rights monte continuellement : il devient chaque jour moins aisé et plus coûteux de s'en procurer. L'acquisition de ces Bons constitue un placement sûr et avantageux. Elle peut être faite au compte et au nom de chaque bailleur de fonds, antérieurement même à la constitution définitive de la Société de colonisation, qui aura pour fonction de localiser les head-rights sur des terres de choix et d'effectuer les préparations coloniales. Brisbane et plusieurs de nos amis, en Europe et en Amérique, se disposent à faire des fonds pour ces acquisitions préalables. Celles-ci ne constituant encore que des opérations privées peuvent être faites immédiatement et suivant le mode qui conviendra à chaque bailleur de fonds. Ceux d'Europe pourront confier leurs fonds aux personnes chargées d'agir pour le compte

12

des acquéreurs américains, ou opérer par l'intermédiaire de maisons européennes ayant des correspondants aux États-Unis. — La chose importante, en ce moment, c'est que ceux qui sont disposés à concourir à ces premières acquisitions *fassent connaître immédiatement leur intention*, afin que l'on sache promptement sur.quelle base les démarches de recherche des head-rights doivent être faites, et que des propositions fermes d'acquisitions nominatives puissent suivre le plus tôt possible. — Les plus petites sommes ne doivent pas craindre de se produire : Au prix de l'été dernier, 25 fr. représentaient 10 hectares de terre. Or, 10 hectares de terres d'une haute fertilité, c'est déjà quelque chose qui vaut considération.

à 2) Le second objet est la souscription du capital nécessaire à la constitution de la Société de colonisation. Les fonds ici ne devront être fournis que plus tard, après la constitution de la Société et par versements successifs.

b) Le troisième concerne l'enregistrement des personnes qui pourront figurer dans l'opération, soit dès les débuts, soit postérieurement à la préparation.

c) Le quatrième enfin, consiste dans la réunion et le classement des documents relatifs aux industries, idées et opérations de détail qui pourront être utiles à la colonie.

Il est des industries impérativement désignées par la nature des choses; mais nombre d'autres seront facultatives et il sera bon d'avoir tout préparé à l'avance.

Les opérations agricoles, comprenant la grande culture, l'horticulture, les pépinières, la culture de la vigne et la fabrication du vin, l'élève des animaux, la fromagerie, etc., viennent au premier rang.

Les industries de bâtiment, vêtement, chaussure, la confection des meubles, la serrurerie se présentent aussi en première ligne.

Inutile de mentionner la cuisine et tout ce qui se rapporte aux préparations de bouche. Mais il faut noter que parmi ces préparations, celles qui sont de *conserve* devront fournir bientôt des branches très-importantes au commerce extérieur de la colonie. — La fabrication des viandes salées, fumées ou séchées, des saucissons, rillettes, gelées animales, etc., devra être montée promptement sur une assez grande échelle.

On a nommé, dans le Rapport, la tannerie, la corroyerie, la poterie, la brasserie; ajoutons-y divers travaux sur métaux; des constructions mécaniques, la verrerie (pour carreaux de vitres, verres à boire et bouteilles), et bientôt quelques industries de haute métallurgie, notamment la production du fer.

Il serait oiseux d'allonger cette nomenclature technologique. Chacun trouvera facilement dans ses connaissances spéciales, dans son entourage, dans les idées qui peuvent lui survenir, des éléments de propositions diverses.

La société de colonisation aura à exécuter, comme il a été dit, des opérations commerciales de différentes natures. Il lui faudra pour cela des agents et des correspondants partout où il pourra être utile d'étendre les ramifications de ses rapports. L'industrie de la France et de la Belgique ne fait encore pas, ou presque pas, d'affaires directes avec le Texas. Nous aurons à lui ouvrir des débouchés sur ce pays; une assez notable quantité de ceux des nôtres qui resteront en Europe, pourront rendre avantageusement pour eux-mêmes des services à la colonisation dans cet ordre d'affaires.

d.) La colonie recevra, comme témoignage de concours (indépendamment du payement des souscriptions en produits), des dons tels que livres, gravures, tableaux, instruments et produits de toutes sortes. La valeur de ces objets pourra être estimée et représentée par des actions à donner en primes à des émigrants pauvres et méritants, ou servant à constituer des dots à des enfants, etc.

Chacun peut recueillir des noyaux de fruits, des graines

d'arbres et de plantes de toutes sortes, avec grande utilité pour notre objet. Il ne faut pas craindre de faire des récoltes qui pourraient paraître *ne pas valoir la peine*. Beaucoup de graines, *très-communes* en Europe, même parmi les simples herbes des champs, seront précieuses au Texas, où nous aurons à obtenir le plus grand nombre de naturalisations possible.

En conséquence des indications ci-dessus, nous demandons, *à titre de renseignements préalables, sans que cela constitue aucun engagement et sous toutes réserves,* des réponses immédiates sur les intentions, en ce qui concerne :

a 1) *Capital.* — Le concours que l'on serait disposé à fournir à l'affaire de l'acquisition préalable des Head-Rights ;

a 2) Celui que l'on pense pouvoir fournir, par versements successifs, échelonnés en plusieurs années et postérieurement à la constitution de la Société de colonisation, au cas, bien entendu, où les Statuts en paraîtraient satisfaisants ;

b 1) *Personnel.* — Les dispositions où l'on se trouve soi-même quant à l'immigration ;

b 2) Des renseignements sur les individus que l'on jugerait disposés à se rendre plus ou moins promptement sur les lieux ; le genre d'utilité dont ils y pourraient être, la position, l'âge, la santé, ne doivent pas être oubliés.

c) *Documents divers.* — Ceux qui auront à founir des documents réclamant des développements sont priés de faire d'abord une réponse immédiate et sommaire.

d) Les dons que l'on aurait à faire ultérieurement peuvent être déjà indiqués à l'avance. Nous attendons particulièrement de nos amis, artistes ou industriels, des exemplaires de leurs productions personnelles.

Un projet de Statuts pour la Société de colonisation est déjà dressé ; on comptait même le joindre à ce Mémoire. Il a paru convenable de recueillir d'abord les premiers renseignements généraux demandés dans la présente instruction, afin de pouvoir prendre, avant la publication, l'avis de ceux que. les prochaines réponses classeront, présomptivement, parmi les plus intéressés au contrat, et dont le concours s'annoncera comme devant être le plus effectif. Cette voie, somme toute, sera encore la plus rapide pour arriver au but définitif.

Chacun de ceux qui se sentent désireux de se rendre utiles, à un titre quelconque, à l'œuvre proposée, comprendra qu'il ne doit pas remettre au lendemain pour fournir les indications présentement demandées. Ces indications, qui ne portent encore que sur des *intentions, et qui n'engagent à rien*, on le répète, sont absolument nécessaires pour débrouiller d'abord les premiers éléments virtuels de la fondation. *Times is money*, le temps est de l'argent, disent les Anglais et les Américains. Ici, le temps est de l'argent, et plus encore. Nous comptons sur des réponses immédiates de toutes les bonnes volontés.

Les réponses doivent être adressées, *franco*, à M. C. Brunier, 2, rue de Beaune, à Paris.

L'agence de Paris composée provisoirement de

MM. Charles Brunier,
Emile Bourdon,
Allyre Bureau,
Amédée Guillon,

aura pour fonction d'enregistrer les réponses qui lui seront adressées, et de transmettre tous les renseignements qui pourraient lui être demandés. Ainsi que cela est exposé plus haut, il ne s'agit pour le moment d'aucun versement de fonds.

De la Belgique et de l'étranger, on peut adresser les réponses à M. V. Considerant ou à M. F. Cantagrel, à Bruxelles. (*Affranchir.*)

NOTES

La notice suivante est extraite de l'excellent livre de M. S.-G. Goodrich, ex-consul des Etats-Unis à Paris, intitulé : LES ÉTATS-UNIS D'AMÉRIQUE; *aperçu statistique, historique, géographique, industriel et social, à l'usage de ceux qui recherchent des renseignements précis sur cette partie du Nouveau-Monde.* — Paris, 1852; chez Guillaumin et comp., rue de Richelieu, 14. — Peu d'ouvrages répondent aussi complétement à leur titre que celui-là.

ÉTAT DU TEXAS.

Étendue, environ..........	200 000 milles carrés
Population.................	187 403 habitants.
Population par mille carré.	1

CARACTÈRE GÉNÉRAL DU PAYS. — C'est un État très-étendu, qui appartenait autrefois au Mexique, et qui n'a été annexé aux Etats-Unis que depuis un petit nombre d'années.

MONTAGNES. — Le Nord-Ouest de cet État se compose de hauteurs qui font partie de la chaîne des Monts-Rocheux. Elles portent le nom de montagnes de la *Guadeloupe.* Cette région a été très-peu explorée, et elle n'est pas encore colonisée. Les versants sont couverts de forêts, et la plupart susceptibles de culture et d'irrigation.

VALLÉES. — Il y a beaucoup de vallées alluviales dans les districts montagneux de l'Ouest du Texas. Les vallées où coulent les rivières sont généralement douées d'une grande fertilité.

COURS D'EAU. — Ils naissent tous dans les hautes terres du Nord et de l'Ouest et se jettent pour la plupart dans le golfe du Mexique. Le *Neches* est navigable pour bateaux à vapeur sur une longueur de 100 milles; la *Trinidad* ou *Trinité*, sur 300, et le *Brazos* sur 200. Le *Rio Colorado* est obstrué par des troncs d'arbres engagés dans son cours à dix milles au dessus de son embouchure; mais, lorsque cet obstacle sera levé, il deviendra navigable pour les bateaux à vapeur à Austin, sur une longueur de 200 milles. Le *San Antonio* et le *Nueces* ne sont navigables que dans une petite partie de leur cours; mais la *Sabine*, qui sépare le Texas de la Louisiane, est navigable sur une longueur d'environ 300 milles. Le *Rio-Grande* forme la limite Sud-Ouest de l'État.

CÔTES. — Le Texas possède environ 300 milles de côtes sur le golfe du Mexique. Il n'a pas de bon port pour les trois-mâts, et il en possède peu pour les navires plus petits. Les baies peu profondes qui reçoivent la plupart de ses fleuves sont, comme les embouchures des fleuves elles-mêmes, barrées par des bancs de sables mobiles.

ILES. — On donne ce nom à quelques langues de terre basses et plates qui courent le long de la côte en formant d'étroites baies. Les principales sont celles du *Padre*, de *Mustang*, de *Saint-Joseph* et de *Matagorda*.

CURIOSITÉS. — Il y a dans cet État deux lignes de forêts continues de 5 à 50 milles de largeur qui s'étendent depuis la source de la rivière la Trinité, presque en ligne droite au nord de l'Arkansas. On les appelle les *Cross-Timbers*.

PRODUITS VÉGÉTAUX. — Le sol est couvert presque partout d'un luxuriant tapis d'herbes dans lequel croissent, pêle-mêle avec l'herbe ordinaire des prairies, le *gama*, le *musquite*, le trèfle sauvage, le riz sauvage, etc., qui forment d'excellents pâturages. On y fait aussi d'amples récoltes de grands bois de construction et d'ébénisterie. Le chêne vert, si prisé pour les constructions navales, y croît abondamment. Le chêne blanc, le chêne noir, d'autres variétés de chênes, le frêne, l'orme, le faux acacia, le noyer, le platane occidental, le cyprès, l'arbre au caoutchouc, etc., peuplent les forêts. Les hautes terres se couronnent de pins et de cèdres. Les pêches, les melons, les figues, les oranges, les limons, les ananas, les dattes et les olives, mûrissent en diverses localités; le raisin y abonde. La vanille, l'indigo, la salsepareille, et un grand nombre d'autres plantes tinctoriales ou médicinales, sont indigènes dans cet État. Tout le pays présente un magnifique panorama de fleurs.

ANIMAUX. — De grandes troupes de buffles et de chevaux sauvages paissent dans les prairies du Nord. La chasse de ces animaux est l'occupation des Indiens aussi bien que celle de quelques-uns des colons. On y rencontre quelquefois des ours, entre autres l'ours gris, le plus terrible carnassier du continent. Les bêtes fauves et le petit gibier y abondent.

MINÉRAUX. — On y a trouvé des mines de houille de qualité supérieure, ainsi que des mines de fer. On a exploité aussi des mines d'argent dans les régions montagneuses. Le nitre abonde à 'Est. Beaucoup de lacs et de sources fournissent du sel. On rencontre du bitume sur divers points, du gypse, du granit, de la pierre à chaux et de l'ardoise presque partout.

CLIMAT. — L'année se divise dans le Texas en saison sèche et saison pluvieuse. La première dure de décembre à mars, époque où prédominent les vents du Nord et du Nord-Ouest. Le climat est doux et salubre.

SOL. — Il y a peu de pays aussi étendus qui aient moins de parties improductives que le Texas. La section maritime est un terrain d'alluvion remarquablement libre d'eaux stagnantes. Les bords des rivières se composent de larges zones de terres boisées. Les espaces accidentés qui séparent les cours d'eau se couvrent de riches pâturages. Plus loin, dans les terres, de vastes prairies alternent avec des hauteurs abondamment boisées. Enfin, derrière les montagnes, s'étendent des plateaux semblables aux plaines de l'Asie centrale, mais d'une fécondité bien supérieure.

ASPECT DU PAYS. — Cet État forme un vaste plan incliné vers l'Est, qui descend graduellement des montagnes jusqu'à la mer. Il est coupé par de nombreuses rivières qui se dirigent toutes au Sud-Est. On peut la diviser en trois régions : la *première* est une plaine de 40 à 100 milles de largeur qui s'étend le long de la mer; la *seconde* est la région des prairies ondulées qui s'étend plus loin dans les terres, sur une largeur de 50 à 100 milles; la *troisième* est la région montagneuse du Nord et de l'Ouest avec les plateaux qui la couronnent.

DIVISIONS. — Le Texas renferme environ 80 comtés. Il n'a pas de grandes villes.

AGRICULTURE. — Le coton et la canne à sucre sont les cultures principales, et elles y sont portées à une grande perfection. Les grains les plus cultivés sont le maïs indien et le froment. Les patates et les pommes de terre y réussissent à merveille. L'élève des animaux domestiques a été longtemps l'occupation favorite d'une grande partie des habitants, et la plupart des prairies sont littéralement couvertes d'immenses troupeaux de bœufs. On y élève aussi beaucoup de chevaux, de mulets, de porcs, de moutons, de volailles, etc.

MANUFACTURES. — Elles sont encore dans l'enfance, mais elles tendent à s'accroître. Quelques-unes sont déjà considérables.

CHEMINS DE FER. — Il n'y a encore que 32 milles de chemins de fer achevés.

COMMERCE. — Il se borne presque uniquement aux relations avec les États-Unis. Une banque y est établie, au capital de 300 000 dollars.

EXPLOITATION DES MINES. — Elle est peu développée.

ÉDUCATION. — Cet État est trop nouveau pour avoir organisé des colléges et un système général d'éducation. Cette question, cependant, n'est pas mise en oubli. Il y a beaucoup de bonnes écoles dans les villes.

DETTE. — La dette de cet État est de 12 435 982 dollars ; mais une appropriation de 10 000 000 de dollars a été faite par le congrès de 1851 pour lui être appliquée en tout ou en partie. Les dépenses annuelles du Texas s'élèvent à environ 100 000 dollars.

STATISTIQUES DIVERSES. — Cet État renfermait en 1850 27 988 habitations ; 28 377 familles ; 84 863 hommes et 69 237 femmes de race blanche ; 171 hommes et 160 femmes de couleur, libres ; 58 161 esclaves ; 12 198 fermes cultivées ; 307 manufactures produisant 500 dollars par an, au moins.

VILLES PRINCIPALES. — *Austin*, capitale sur la rive gauche du Colorado, à 200 milles de la mer, récemment bâtie, au centre de l'État, dans une situation prospère. Population : environ 4 000 habitants. *Brazoria* sur le Brazos, à 30 milles de la mer. Elle fait un commerce considérable. *Corpus Christi*, sur la baie du même nom, n'est guère qu'un grand village. *Galveston*, à la pointe Est de l'île du même nom, est la principale place du commerce maritime. *Houston*, grande ville à la tête de la marée sur le Buffalo-Bayou. *Matagorda*, sur le Colorado, à 35 milles de la mer, est un village prospère. *Nacogdoches, Crockett, San-Augustin* et *Washington*, méritent d'être citées.

HABITANTS. — La moitié de la population environ est de race anglaise, mais on y rencontre un grand nombre d'Allemands qui sont venus récemment s'y établir, ainsi que des Irlandais, des Français, des Italiens, etc. On suppose qu'il y a environ 15,000 Mexicains de descendance espagnole. Les esclaves n'y sont pas nombreux. Des bandes d'Indiens errent dans le Nord; on distingue entre elles la fière et guerrière tribu des Comanches.

HISTOIRE. — *Premières annales.* — A l'époque où Cortès conquit le Mexique, le Texas fut occasionnellement la retraite de tribus errantes d'Indiens d'un caractère dur et sauvage. Quoique considéré comme faisant partie du Mexique, il resta longtemps inoccupé.

Le Français La Salle, qui voulait fonder une colonie à l'embouchure du Mississipi, se trompa, et aborda en 1685 à l'entrée de la baie de Matagorda; il y bâtit un fort, mais il n'y resta que deux ans, et reçut un coup de fusil d'un de ses hommes, comme nous l'avons déjà rapporté. Son fort fut démoli par les Indiens.

Quelques petits établissements furent faits à la fois, sur ce territoire, par les Français et les Espagnols, et servirent plus tard de texte à des réclamations réciproques.

En 1681, les Espagnols établirent un petit port à Béjar, et en 1719 une colonie des îles Canaries vint s'y établir. La province reçut le nom de Nouvelles-Philippines, et plusieurs missions et *Présidios,* ou postes militaires, furent fondés en divers points. A cette époque, les droits de l'Espagne parurent assurés, et la population devint considérable. Les établissements des missionnaires se composaient de massives forteresses de pierre, avec des églises décorées de statues et de peintures, et surmontées de cloches énormes. Les ruines de quelques-unes de ces formidables constructions sont encore debout dans le Texas, et frappent d'autant plus les regards, que ce pays porte moins de traces des travaux et des institutions des hommes. Au moment où éclata la révolution mexicaine de 1810, les habitudes pillardes des Comanches et autres tribus, et la police tracassière du gouvernement espagnol, réduisirent de beaucoup la population.

TENTATIVE D'INDÉPENDANCE. — En 1812, environ 200 Américains des États du Sud, avec 300 Français, Espagnols et Italiens, commandés par un patriote mexicain nommé Gutierez, passèrent la Sabine et prirent possession de Goliad. Ils furent attaqués par les forces royales, et il s'ensuivit plusieurs batailles, dans lesquelles les envahisseurs furent victorieux. Mais, dégoûtés par la conduite de quelques-uns des chefs mexicains, une grande partie des Américains se retirèrent. Gutierez fut dépossédé du commandement, et les troupes mécontentes revinrent. Mais, dans un engagement avec l'armée royaliste, sous Tolède, les alliés mexicains désertèrent lâchement et laissèrent les Américains se battre contre des forces dix fois supérieures. La plupart périrent, et ceux qui s'échappèrent du champ de bataille furent tués séparément. Ainsi finit par une totale défaite la première tentative des Texiens pour leur indépendance.

STEPHEN F. AUSTIN. — En 1821, de nouveaux et heureux essais de colonisation dans le Texas furent tentés, et la population s'accrut rapidement. Le principal colonisateur fut Stephen F. Austin, de Durham (Connecticut), dont le père avait obtenu l'autorisation de fonder une colonie dans le pays. Ses efforts réussirent, et il peut être considéré comme le père du Texas. En 1824, le Mexique, république nouvelle et indépendante, reconnut le Coahuila et le Texas pour un de ses États. Une période de tranquillité suivit; mais en 1826, un mouvement fut tenté à Nacogdoches pour secouer le joug mexicain. Une république fut proclamée sous le nom de Fredonia. Cependant une bande de Cherokees, qui avait été engagée comme auxiliaire des insurgés, se tourna contre ses alliés, et l'insurrection fut promptement comprimée.

GUERRE DE L'INDÉPENDANCE. — Un sentiment de mécontentement contre le gouvernement mexicain se manifesta dans le Texas avec le progrès des événements; il augmenta par les usurpations de Santa-Anna, qui était devenu président du Mexique. En 1835, les Texiens commencèrent à se préparer pour une guerre, et en novembre de cette année ils déclarèrent formellement qu'ils entendaient résister à l'État métropolitain. Un gouvernement provisoire fut formé, et Samuel Houston nommé commandant de l'armée du Texas. Au mois de décembre suivant, une armée de 500 texiens assiégea la forte place de Bejar, défendue par 1 300 Espagnols et Mexicains, sous les ordres du général Cos. Au bout de quelques jours, le fort était pris, les Mexicains obtenaient la permission de se retirer, et peu de temps après il ne restait plus un soldat mexicain à l'est du Rio-Grande.

Le 2 mars 1835, une convention de délégués se réunit à Washington, sur le Brazos, et fit une formelle déclaration d'indépendance. Santa-Anna, qui s'y attendait, avait envahi le pays en personne; Goliad fut investi, et Bejar, défendu par 150 Texiens, fut entouré par 4 000 hommes; l'attaque commença, et dura pen-

dant plusieurs jours. La défense de la petite bande dans *Alamo*
fut digne de Léonidas et de ses Spartiates. Après avoir amusé
l'ennemi pendant longtemps, ils eurent à soutenir un assaut général le 6 mai; ils étaient réduits à sept, qu'ils se battaient encore.
Ceux qui survivaient furent mis en pièces quand la place fut for-
cée; on ne fit quartier à personne. On ne laissa la vie qu'à deux
créatures humaines : une femme et un domestique nègre. Parmi
les morts, on trouva David Crockett, de Tennessee, qui s'était fait
connaître par l'excentricité de son esprit et l'indépendance de son
caractère; il était entouré d'un cercle d'ennemis qu'il avait tués.
On croit que la perte des Mexicains s'éleva à environ 1 500 hommes. Le colonel Fannin, avec 275 hommes, sortit le 17 mars de
Goliad, et gagna la campagne; mais, entouré par les Mexicains et
par une troupe d'Indiens alliés, il forma ses soldats en carré creux,
se défendit presque tout un jour, et tua 500 hommes à l'ennemi.
Pendant la nuit les Texiens construisirent des remparts, mais les
Mexicains avaient reçu un renfort de 500 hommes; les Texiens
furent obligés de capituler à la condition d'être traités en prison-
niers de guerre. On les dirigea sur Goliad avec force mauvais
traitements; puis on les fusilla par ordre de Santa-Anna avec
quelques autres soldats; en tout : 400 hommes. Cette sombre tra-
gédie, qui a marqué d'infamie le nom de Santa-Anna et souillé
les annales mexicaines, s'accomplit le 27 mars 1836.

BATAILLE DE SAN-JACINTO. — Encouragé par sa victoire et
confiant dans le succès, Santa-Anna poursuivit l'armée texienne,
alors commandée par le général Houston. Le général battit en
retraite jusqu'à ce qu'il fût arrivé à San-Jacinto; là il s'arrêta
avec ses 783 hommes. Les ennemis s'approchèrent; ils étaient
1 600. Le 21 avril, les Texiens commencèrent l'attaque. Ils s'avan-
cèrent sans tirer jusqu'auprès des lignes mexicaines; et là, poussant
leur cri de guerre : *Souvenez-vous d'Alamoi !* et avec la rage de la
vengeance, ils se jetèrent sur les travaux de l'ennemi. En quinze
minutes ils étaient maîtres de son camp, et l'armée mexicaine
était tuée, blessée ou prisonnière. Santa-Anna fut pris le jour
suivant, seul, désarmé et déguisé. On lui permit de se rendre aux
Etats-Unis, où il eut une entrevue avec le général Jackson. Il ne
retourna au Mexique qu'après être convenu avec le général Houston qu'il favoriserait la cause texienne. Mais il n'en fit rien et
donna ordre de continuer la guerre.

INDÉPENDANCE. — ANNEXION. — Cependant l'indépendance de

cet État fut reconnue par les États-Unis, l'Angleterre et la France.
En 1844 des négociations furent entamées pour demander l'annexion du Texas aux États-Unis. En février de l'année suivante,
le congrès prit une résolution en faveur de cette mesure, et bientôt après le nouvel État était admis dans l'Union.

J'avais l'intention de consacrer une Note spéciale à A. Gouhénans, nommé plusieurs fois dans ce Rapport. Ceux qui lisaient
le Populaire en 1848 savent de quelles accusations son nom y a
été chargé.

Le récit des faits propres à rétablir la vérité sur son compte et
sur l'histoire de la première expédition icarienne envoyée en
Amérique nous conduirait trop loin. Je me bornerai à dire que
quand ces faits seront publiés, et ils le seront, ils vaudront à
l'accusé une éclatante réparation, et que ce sera alors à l'accusa-
tion de se justifier si c'est possible.

Nota. La carte des États-Unis ci-jointe donne à la capitale de
l'État de l'Arkansas le nom de ROCHETTE. Le vrai nom de cette
ville est LITTLE-ROCK.

On a indiqué à tort GRANDES-PLAINES, dans l'État du Texas,
au-dessous de la ligne du 34e degré. L'indication eût été plus
juste, si elle eût dit PRAIRIES ONDULÉES, et si elle eût été placée
plus bas.

Dans la carte particulière du Texas, quelques exemplaires
portent à tort, au-dessus du West-Fork de la Trinité, la désigna-
tion de ROLLING-PRAIRIES, qui n'est nullement spéciale à cette
localité.

TABLE.

—

———

MANUSCRITS DE FOURIER.

La Phalange, revue de la science sociale, qui a paru de 1845 à 1849 et forme 10 volumes grand in-octavo, contient plus de quinze cents pages des manuscrits de Fourier, très-utiles à lire pour ceux qui désirent connaître toute la théorie sociétaire.

Nous n'avons plus qu'un petit nombre de collections complètes de cette revue. Prix 50 fr., pris au bureau, 2, rue de Beaune.

Les livraisons séparées se vendent :

La livraison simple, 75 c., et par la poste, 1 fr.

La livraison double, 1 fr. 50 c., et par la poste, 2 fr.

Voici le détail des manuscrits, livraison par livraison.

1845. — Janvier-février. — Livraison double. — Des trois Unités externes (*épuisé*).

Mars-avril. — Fin des trois unités externes.

Mai-juin. — Cosmogonie.

Juillet-août. — Crimes du commerce.

Septembre-octobre.—Fin des Crimes du commerce (*rare*).

Novembre-décembre. — Des séries mesurées.

1846. — Janvier. — Livraison simple. — Fin des séries mesurées. — Des trois groupes d'Ambition, d'Amour et de Famillisme.

Février. — Même sujet.

Mars.—Fin du même sujet. — Du groupe d'Amitié (*rare*).

Avril. — Fin du groupe d'Amitié

Mai. — Des trois passions distributives (*rare*).

Juin. — Fin des trois passions distributives (*rare*).

Juillet. — Des cinq passions sensuelles.

Août. — Même sujet.

Septembre. — Même sujet.

Octobre. — Même sujet.

Novembre. — Fin des cinq passions sensuelles. — Appendice à l'analyse passionnelle (*rare*).

Décembre. — Suite de l'Appendice (*rare*).

1847. — Janvier. — Fin de l'Appendice. — Du Parcours et de l'Unitéisme.

Février. — Fin du Parcours et de l'Unitéisme.

Mars. — Egarement de la raison (*épuisé*).

Avril. — Même sujet (*rare*).

Mai. — Fin d'Egarement de la raison (*rare*).

Juin. — Dix fragments (*très-rare*).

Juillet.—Du clavier puissanciel des caractères (*très-rare*).

Août. — Fin du clavier passionnel (*rare*).

Septembre. — Des transitions et désordres apparents de l'Univers (*rare*).

Octobre. — Echelle parallèle des attractions sociales (*rare*).

Novembre.—Détérioration matérielle de la planète (*rare*).

Décembre. — Fin de la Détérioration matérielle (*rare*).

13

1848. — Janvier. — Du mécanisme d'agiotage.
    Février. — Même sujet.
    Mars-avril. Livraison double. — Fin de l'agiotage.
    Mai-juin. — De la méthode mixte en étude de l'Attracton. — De la médecine naturelle (*rare*).
    Juillet.—Livraison simple.—De la Sérigermie composée.
    Août. — Analogie et Cosmogonie.
    Septembre-octobre. — Livraison double. — Même sujet.
    Novembre-décembre. — Fin d'Analogie. — Fragments et notes.
1849. — Janvier. — Livraison simple. — Des lymbes obscures.
    Février, — Fin des lymbes. — Des trois nœuds du mouvement (*rare*),
    Mars. — L'inventeur et son siècle.
    Avril — Du Garantisme (*rare*).
    Mai-juin. — Livraison double. — De la Sérisophie ou épreuve réduite.
    Juillet-août. — Même sujet.
    Septembre-octobre. — Fin de la Sérisophie. — Des diverses issues de la Civilisation.
    Novembre-décembre. — Sur l'esprit irreligieux des modernes. — Dernières analogies. — Six fragments.

Nous avons continué la mise au jour de ces manuscrits, en éditant deux autres volumes, format in-18, sous ce titre :

Publication des manuscrits de Fourier, année 1851.
Publication des manuscrits de Fourier, année 1852.

Chacun de ces volumes se vend séparément au prix de 3 fr. 50 c., et, par la poste, 4 fr.

En voici le sommaire abrégé :

I. *Où l'auteur parle de lui-même.* — Date des travaux. Les beaux-esprits. L'inventeur. Charme de la science d'attraction. Il ne peut lire Condillac. Trempe originale. Quatre pommes célèbres. Aptitude des femmes pour l'analogie. Le nouveau bourgeois gentilhomme. Il connaît peu les mathématiques. Nécessité d'une police d'invention. Kant. Pestalozzi, Azaïs. Opérations préparatoires de l'unité. — Réponse au docteur Philoharmonicos (1811). Première annonce (1803) de l'unité universelle.

II. *Cours du mouvement social.*

III. *Des groupes et séries.* — Conditions régulières de la formation des groupes. Des divers états domestiques de l'homme.

IV. *Des transitions.* — L'exception est une transition.

V. *Formation d'une phalange d'attraction* (1803-6). — Graduation des inégalités. Edifices et ornements du canton, palais, châteaux, kioks, caravansérails. Rue-galerie. Illuminations unitaires. La garde industrielle. Une matinée de printemps. Négo-

ciation des assemblées à la Bourse de la Phalange. Négocia-
teurs, acolytes, signaux, intrigues variées, lutte de l'hortensia et
de la tubéreuse. Pourquoi les femmes ont le goût de l'intrigue.
Petite Bourse. Education naturelle. Aréopage enfantin. Amorce
industrielle ou semaille de passions. J'aime les confitures. Journée de la petite Zoé. Le pauvre Jacques. Cuisines et tables. Journée de Lucile. Une caravane arrive, visite à l'étang, etc.

VI. *Appendice au chapitre précédent.* — Economies de bouts de
chandelles. Opéra. Les fonctions mesurées du corps. Les vigies.
De l'éducation des animaux. Forêts civilisées. Forêts de l'harmonie. Féerie composée harmonique. Quelques globes perclus.

VII. *Politique et commerce* — (1803). — La Russie s'avance
sur l'Europe. L'Autriche, la France. Triumvirat continental. Les
patrouilles russes. Blocus continental, etc. Commerce. Les trois
caractères commerciaux de civilisation. Les commis du peuple
souverain. Les anges gardiens du commerce. Lettre de Say sur
Fourier. — Le pacificateur du globe. Plan de conquête de l'Algérie. L'éternelle guerre du Pô et du Rhin. Envahissement du
Mexique par les Etats-Unis. Conquête de la Chine par la Russie.
L'expédition française en Egypte. La seule puissance fidèle aux
traités. Théorie des rivalités. La France paillasse de l'Angleterre.
Ministère industriel. La servitude des femmes. La science du
crime. Société de vipères !

VIII. *Sur Napoléon Bonaparte* (1814). — Diatribes lors de la
chute de l'Empereur. Qualités de Napoléon. Bourgeois et héros.
Henri IV. Epopée napoléonienne, etc.

IX. *Du système planétaire.* — Puberté de la planète. Tout est
lié dans la nature.

X. *Fragments.* — Action individuelle ou incohérente. L'individu dominé par le groupe. Ne déléguez pas le pouvoir. Géomé-
trie passionnelle. Un seul Dieu, un seul moteur. Concert passionnel. Fête des équinoxes et des solstices. La prière du Globe.

ANNÉE 1832.

I. *Aux partis politiques.* — Les bateleurs politiques. Illusions
en liberté. La civilisation est pauvre. La liberté de mourir de
faim. Le vrai libéralisme est le garantisme social. Garanties spi-
rituelles. Une table mal servie. Assurances ou loterie composée.
Le Comptoir communal actionnaire. Impôt sur les célibataires.
Indemnité du célibat féminin. Les deux buts de la théorie sociétaire. Philanthropes, songez aux riches.

II. *L'amour du mépris de soi-même* (1803). — Le R. P. Franchi
mis en vente par M. Ballanche. Apologie dans le *Bulletin de Lyon.*
Les jeunes Pères de l'Eglise. Recrutement pour l'armée de l'a-
mour du mépris de soi-même : fantassins, cavaliers, état-ma-
jor, etc. Eloquence de l'Evangile et calcul mathématique des destinées. Réveil de l'Humanité.

III. *Des transitions passionnelles.* — Le mouvement mixte. Division de la vibration. Poulet et canard, domestiques contrastés.

VI. *Préliminaires sur l'éducation.* Politesse générale. Aux enfants on n'explique pas les analogies. L'auteur au confessionnal. Pas d'étude précoce. Etude sur les trois fonctions primordiales de Dieu appliquées. à l'éducation. Les Economistes à l'école des bambins. La leçon du prisme. Imitation de Dieu. Code religieux et social des enfants. Aimer Dieu et non pas le craindre. Compotes et patisseries.

V. *Education de la basse enfance.* — Les prétentions de vertu maternelle. Mères et nourrices. Le véritable instituteur de l'enfant. Les papas et les mamans. L'imagination vérifiée par la raison. Langue locale et langue unitaire. Néron, Socrate, Henri IV. Culte des aïeux par les bambins.

VI. *L'opéra et la cuisine.* — Chant, instruments, danse, gymnastique, poésie, geste, peinture, mécanique. Un souverain ambigu. La pharmacie. Les gardes-champêtres passionnés. Le coche d'Auxerre. Vingt-sept répugnances de l'auteur. Fontaines graduées.

VII. *Education de la haute enfance.* — Goûts raffinés des petites filles. Foyer de l'enfance. Stupéfaction d'un visiteur. Abolition des férules et pensums. Retard d'initiation amoureuse. *Maxima debetur puero reverentia.* Honneur et amitié. Supériorité des femmes dans les arts. Apologie de Dieu. Apologie de l'homme. Thèse des *Lycéens* sur l'ordre composé de l'univers. La leçon des trois aiguilles. Secret des passions.

VIII. *Education postérieure.* — L'ombre de Dieu. Pensées secrètes de la jeune fille. Emancipation des juifs. Garanties à exiger. Emancipation des femmes. L'importance des transitions. Supériorité féminine en amour. Unité et système d'éducation.

IX. *L'enseignement harmonien.* — Des méthodes d'enseignement. Exemple de parallèle composé. Bonaparte, Charlemagne, Louis IX, Louis XIV, Hugues Capet, Clovis.

X. *Mnémonique géographique,* — (Réimpression de 1826). Bassins et versants. Intempérie simple et composée. Leçon sur les lacs. Les deux politiques. Il donne des leçons en ville.

XI. *Contrariété de l'éducation civilisée avec la nature.* — Précocité des enfants harmoniens. Il n'y a pas d'enfants paresseux. Buts de l'éducation naturelle ou harmonique. Les petits pillards civilisés. Activité industrielle de l'enfant, etc.

XII. *Fragments.* — La double destinée ou le monde à rebours. Double malheur pour les bons. Double bonheur pour les méchants. Unité et duplicité. Langue unitaire universelle. Du favoritisme ou contre foyer passionnel. Duplicité du *si* musical. Colloque entre les hommes et Dieu, problème de l'équilibre social matériel. Le globe à créer est le nôtre. Révélation divine permanente.

CATALOGUE

DE

LA LIBRAIRIE PHALANSTÉRIENNE

PARIS, 2, RUE DE BEAUNE, ET 29, QUAI VOLTAIRE.

(Avril 1854).

CH. FOURIER.

L'HARMONIE UNIVERSELLE et le PHALANSTÈRE exposés par Fourier. Recueil méthodique de morceaux choisis de l'auteur. — 2 vol. in-18.   6 fr.

LE NOUVEAU MONDE industriel et sociétaire (3e édition). — 1 vol in-8.   5 fr.

THÉORIE DE L'UNITÉ UNIVERSELLE (ouvrage capital de Fourier). 2e édition. — 4 vol. in-8.   18 fr.

THÉORIE DES QUATRE MOUVEMENTS (premier ouvrage de Fourier publié en 1808). 3e édition. — 1 vol. in-8.   6 fr.

Les trois ouvrages précédents formant 6 volumes, sous le titre de : *OEuvres complètes de Fourier*, ensemble.   28 fr.

ANARCHIE INDUSTRIELLE (de l') et scientifique. — Brochure in-12.   50 c.

CITÉS OUVRIÈRES. — Des modifications à introduire dans l'architecture des villes. — Brochure in-8.   30 c.

ÉGAREMENT DE LA RAISON démontré par le ridicule des sciences incertaines. — Brochure in-8.   1 fr. 50 c.

ESPRIT IRRÉLIGIEUX (sur l') des modernes et *dernières analogies*. — Brochure in-8. 75 c.

LIVRET D'ANNONCE du nouveau monde industriel. — Brochure in-8.   1 fr

MANUSCRITS, année 1851. — 1 vol. format Charpentier. — 3 fr. 50. Par la poste, 4 fr. —Année 1852, 1 vol., 3 fr. 50. Par la poste 4 fr.

MÉCANISME DE L'AGIOTAGE (Analyse du) et de la méthode mixte en étude de l'attraction. — Brochure in-8.   1 fr. 50 c.

SOMMAIRE du grand traité, in-8   2 fr.

———

LE PHALANSTÈRE OU LA RÉFORME INDUSTRIELLE, qui a paru de 1832 à 1834, contient de très-nombreux articles de Fourier. 2 vol. in-4, brochés en un seul volume. (Rare; il manque plusieurs numéros).   15 fr.

LA PHALANGE, *Journal* de la science sociale, de 1836 à 1846. — 3 vol. grand in-4. (Contient des études développées sur toutes les questions actuellement à l'ordre du jour.) (Rare).   25 fr.

LA PHALANGE, *Journal* de la science sociale ayant paru 3 fois par semaine, de 1840 à 1843. — 7 vol. grand in-8.   20 fr.

LA PHALANGE, *Revue* de la science sociale, qui a paru de 1845 à 1849, contient plus de 1,500 pages des manuscrits de Fourier. — 10 vol. in-8. Collection complète (très rare).   50 fr.
— Les livraisons se vendent séparément, savoir : les livraisons *simples*, 75 c., et les livraisons *doubles*, 1 fr. 50 c.; par la poste 1 fr. et 2 fr. — Voir le détail à la fin des manuscrits 1852.

LA DÉMOCRATIE PACIFIQUE, de 1843 à 1851 Collection complète.— 16 vol. in-folio. 60 fr.

ALMANACHS PHALANSTÉRIENS de 1845, 1846, 1847, 1848, 1849, 1850, 1851, 1852.— Chaque exemplaire : 20 cent.; la collection complète.   1 fr. 25 c.

V. CONSIDERANT.

DESTINÉE SOCIALE. Exposition élémentaire complète de l'organisation sociale de Fourier, 3e édition.— 2 vol. in-18.   5 fr.
— Le même ouvrage format in-8 avec un 3e vol. sur l'éducation   10 fr.
Le 3e vol. se vend séparément   3 fr.

DÉBACLE DE LA POLITIQUE EN FRANCE. — Brochure in-12.   1 fr.

LE SOCIALISME devant le vieux monde, ou le Vivant devant les Morts. — 1 vol. in-8, compacte.   2 fr.

DESCRIPTION DU PHALANSTÈRE et Considérations sociales sur l'Architectonique. 1 fr.

EXPOSITION ABRÉGÉE DU SYSTÈME PHALANSTÉRIEN, suivie d'études sur quelques problèmes fondamentaux de la destinée sociale.   50 c.

MÊME, sans les études. 25 c

IMMORALITÉ DE LA DOCTRINE DE FOURIER. — Brochure in-8. 50 c.

MANIFESTE DE L'ÉCOLE SOCIÉTAIRE fondée par Fourier, et BASES DE LA POLITIQUE POSITIVE. 2e édition. — 1 vol. in-18. 1 fr.

PRINCIPES DU SOCIALISME. — Manifeste de la démocratie au XIXe siècle. — in-18. 50 c.

SENS VRAI DE LA RÉDEMPTION (du). Morceau détaché de la *Destinée sociale*. 1 fr.

PETIT COURS D'ÉCONOMIE POLITIQUE à l'usage des ignorants et des savants. — Brochure in-18. 40 c.

DERNIÈRE GUERRE (la) et la paix définitive en Europe. 15 c.

LES QUATRE CRÉDITS, in-18. 1 fr.

RALLIEMENT DES SOCIALISTES (Appel au). — Lettre de M. Rey, de Grenoble, suivie de : LES DEUX COMMUNISMES, par V. Considérant (1847). 5 c.

TROIS DISCOURS prononcés à l'Hôtel-de-Ville (Congrès historique de 1836), par MM. Dain, Considérant et d'Izalguier. — Grand in-8, 2 fr.

LA PAIX OU LA GUERRE, in-8, 1839, (rare) 50 c.

DE LA POLITIQUE GÉNÉRALE ET DU ROLE DE LA FRANCE EN EUROPE, in-8, 1840, (très-rare). 4 fr.

DU DROIT DE PROPRIÉTÉ, in-8, 1840 (très rare) 1 fr-50 c

DE LA SOUVERAINETÉ ET DE LA RÉGENCE, in-8, 1842 (très-rare). 2 fr.

AU TEXAS, (sous presse).

JUST MUIRON.

PROCÉDÉS INDUSTRIELS (Aperçus sur les). Urgence de l'organisation sociétaire, contenant le plan et le projet des statuts d'un comptoir communal. 3e édition. 2 fr.

Mme C. VIGOUREUX.

PAROLES DE PROVIDENCE, suivies de Morceaux choisis, 2e édition. — Gr. in-18. 1 fr.

M. BRIANCOURT.

L'ORGANISATION DU TRAVAIL ET L'ASSOCIATION. 2e édition. 40 c.

PRÉCIS du même ouvrage. 15 c

VISITE AU PHALANSTÈRE. 60 c

F. CANTAGREL.

LE FOU DU PALAIS-ROYAL. — Dialogue sur la théorie phalanstérienne. 2e édit. — 1 beau vol. format Charpentier. 3 fr.

LES ENFANTS AU PHALANSTÈRE. (Extrait du précédent). 30 c.

DE L'ORGANISATION DES TRAVAUX PUBLICS et de la réforme des ponts et chaussées. — Brochure gr in-8. 50 c.

F. COIGNET.

RÉFORME DU CRÉDIT ET DU COMMERCE. — Appel à tous les producteurs, manufacturiers et agricoles in-12. 2 fr.50 c.

LE CRÉDIT COLLECTIF suppléant le crédit individuel. in-8. 1. fr. 50 c.

ORGANISATION POLITIQUE, in-8. 20 c.

DES HOUILLES (une solution de la question) in-8. (1854) 2 fr

V. HENNEQUIN.

EXPOSITION DE LA THÉORIE DE FOURIER, faite à Besançon. 3e édit. In-1 œi 75 c.

PROGRAMME. in-18. 75 c.

LE LIVRET, C'EST LE SERVAGE. — Brochure in-32. 5 c

LES AMOURS AU PHALANSTÈRE, in-18. 30 c.

VOYAGE EN ANGLETERRE, in-8. 4 fr.

INTRODUCTION A L'ÉTUDE DE LA LÉGISLATION FRANÇAISE. — *Les Juifs.* 2 vol. in-8. 10 fr.

J.-B. KRANTZ.

LE PRÉSENT ET L'AVENIR, coup d'œil sur la théorie de Fourier, in-18. 50 c.

APPLICATION DE L'ARMÉE aux travaux d'utilité publique. — Brochure gr. in-8 60 c.

CRÉATION D'UNE ARMÉE de travaux publics Grand in-8. 50 c.

C. PELLARIN.

FOURIER, sa Vie et sa Théorie. 4e édit. — 1 beau vol. format Charpentier. 3 fr.

THÉORIE SOCIÉTAIRE (2e partie du précédent) 1 fr. 50 c.

ALLOCUTIONS, in-8. 20 c.

PERREYMOND.

LE BILAN DE LA FRANCE, ou la Misère et le Travail. — Grand in-8. 2 fr.

PARIS MONARCHIQUE ET PARIS RÉPUBLICAIN, ou une page de l'Histoire de la misère et du travail en 1846 et 1848, in-8. 1 fr. 50 c.

DE LA RICHESSE ET DES IMPOTS, ou Usure et Travail, in-18. 50 c.

CRACOVIE, ou les derniers débris de la nationalité polonaise, in-8. 50 c.

H. RENAUD.

SOLIDARITÉ. Vue synthétique sur la doctrine de Fourier, 3e édition. 1 fr. 25 c.

ANTIDOTE. Réponse à une compilation. 20 c.

TOUSSENEL.

L'ESPRIT DES BÊTES. — Vénerie française et Zoologie passionnelle. (2e édition). 6 fr.
- Par la poste. 7 fr. 50 c

LE MONDE DES OISEAUX. 1 vol. in-8, 6 fr.
— Par la poste. 7 fr. 50 c.

(Le 2e volume du *Monde des Oiseaux* est sous presse. 6 fr. — Par la poste 7 fr. 50 c.)

ABOLITION DE L'ESCLAVAGE, avec un article de Fourier, in-8. 50 c.

ACCORD DES PRINCIPES, par F. Guillon in-18. 30 c.

ASSOCIATION AGRICOLE (Histoire de l') et Solution pratique. — Ouvrage couronné par l'Académie de Nantes par Eugène onnemère, propriétaire, auteur des *Paysans au XIXe siècle*. — Brochure in-12. 60 c.

ASSURANCE (Organisation unitaire et nationale de l'), par Raoul Boudon.—Brochure in-18. 60 c.

BESOINS DES COMMUNES, par Villegardelle in-8 1835. 60 c.

BOULANGERIES SOCIÉTAIRES.— Leur organisation et projets de statuts. 50 c.

CAISSE D'ÉPARGNE, par F. Vidal, in-8, 1844, (très-rare) 1 fr. 50 c.

CALCULS AGRONOMIQUES, par Lemoyne, in 8. (1836, très-rare) 3 fr.

CAPITAL ET LE TRAVAIL, (le) par F. Guillon. — Brochure in-18. 40 c.

CHANSONS NOUVELLES (musique et gravures sur acier), par Festeau. — Joli vol. in-32. 2 fr.

COLONISATION DE L'ALGÉRIE, par un officier de l'armée d'Afrique.—in-8. 50 c.

CONJURATION DES JÉSUITES. — Publication authentique du plan secret de l'Ordre, par l'abbé Léone.—1 vol. gr in-8. 3 fr.

CRÈCHES, par Imbert. 50 c.

CRÈCHES-MODÈLES, par Delbruck. 1 fr. 25 c,

CRÉDIT AGRICOLE, mobilier et immobilier, — Rapport fait au Congrès central d'agriculture, par MM. Cieskowski et J. Duval. — Brochure grand in-8. 50 c.

CRÉDIT HYPOTHÉCAIRE, in-32. 20 c.

DÉMOCRATIE (de l'Organisation de la) par J. Le Rousseau. — 1 beau vol. in-8 de 500 pages. (Capelle, éditeur.) 7 fr. 50 c.

DERNIÈRE INCARNATION (la).—Légendes évangéliques du XIXe siècle, par A. Constant. Brochure, in-18. 50 c.

DÉROUTE (la), par Laverdant, gros in-18 2 fr

DOGMES (les) le Clergé et l'État; étude religieuse, par MM. E. Pelletan, A. Collin, H. Morvonnais et V. Hennequin. — Brochure grand in-8. 40 c.

ENFANTS TROUVÉS (Asile rural des). — Crèche salle d'asile, école primaire, école professionnelle, ferme-modèle, association libre des élèves à leur majorité, par Auguste Savardan. — 1 vol. in-12. 1 fr.

ENFANTS TROUVÉS (Défense des) et de leur asile rural, par le même. — In-18. 20 c.

EXAMEN DE CONSCIENCE D'UN MÉDECIN, par Savardan. 75 c.

ESQUISSE D'UNE SCIENCE MORALE. — Physiologie du Sentiment, par A. Gilliot.— 2 vol. in-8. 10 fr.

FALSIFICATION DES SUBSTANCES ALIMENTAIRES et Moyens chimiques de les reconnaître, par J. Garnier et Ch. Harel, — in-12. 4 fr. 50 c

FOURIER et son système, par Mme Gatti de Gamond, in-8. 2 fr.

FOURIÉRISME. — Contre-critique, avec exposition de principes, par Ch. Mandet; avocat. — Brochure in-8. 50 c.

FRANCOEUR ET GIROFLET. — Conversations sur le socialisme et sur bien d'autres choses, par P.-B. — 1 vol. in-12. 1 fr

GARANTISME (Association en) contre la misère, par J.-J. Farre. Brochure in-8. 50 c.

HYGIÈNE POPULAIRE, par B. Dulary. 30 c.

IMPOT PROGRESSIF (Note sur l'), par Philippe Breton, ancien élève de l'École polytechnique, ingénieur des ponts et chaussées.— Brochure in-8. 30 c.

IMPOT PROGRESSIF, étude sur l'application de ce mode de prélèvement à un impôt quelconque, par L.-L. Vauthier ex-représentant du peuple. 75 c.

INSURRECTION DU DHARA (Etudes sur l'), contenant l'histoire de BOU-MAZA, par Ch. Richard, capitaine de génie, chef des affaires arabes d'Orléansville. — Vol. in-8. 50 c.

LETTRE A LAMARTINE, par un abonné au *Conseiller au Peuple*, par F. Sabatier. Brochure in-8. 50 c.

LIBRE-ÉCHANGE (le) et l'Organisation du travail, par Armand Guibal, gérant d'une filature de lin. — Brochure in-8. 20 c.

MANUEL DES ASPIRANTS AUX FONCTIONS DE CONDUCTEUR ET D'AGENT-VOYER, par L. L. Vauthier et Allyre Bureau, gros in-18.6 fr.

MADAGASCAR (Colonisation de) par D. Laverdant. — Gr. in-8, avec carte. 2 fr.

MŒURS ARABES (Scènes de), par Ch. Richard — 1 vol. in-18. 75 c.

MÉNAGE SOCIÉTAIRE, par Harel, in-8. 2 fr.

MISSION DE L'ART (de la) et du rôle des artistes, par D. Laverdant. In-8. 50 c

MONOPOLE DES SELS (du) par la féodalité financière, par R. Thomassy. — Brochure in-8 50 c.

MONSEIGNEUR L'ÉVÊQUE DU MANS ET LE PHALANSTÈRE. — Correspondance avec l'évêché, suivie d'un chapitre intitulé : le Curé, par A. Savardan. — Broch. in-8. 50 c.

NOTIONS ÉLÉMENTAIRES de la Science sociale de Fourier, par Henri Gorse. (H. Dameth. 3e édit.) — 1 vol. in 18. 50 c.

OBSERVATIONS RECUEILLIES EN ANGLETERRE, par Simon, 2 vol. in-8. 5 fr.

OCTROIS (Réforme des) et des Contributions indirectes — Question vinicole, question des bestiaux. par Raoul Boudon. — Broch. in-8. 50 c.

ORGANISATION DU TRAVAIL, d'après la Théorie de Fourier, par P. Forest, 2e édit. — Brochure in-12. 50 c.

ORGANISATION D'UNE COMMUNE SOCIÉTAIRE, par A. de Bonnard, in-8. 1 fr. 50 c.

PART DES FEMMES (la), roman, par Antony Méray. — 1 vol. in-18. 2 fr.

PAYSANS AU XIXe SIÈCLE (les). — Mémoire couronné par la Société académique de Nantes par E. Bonnemère. — in-8. 60 c.

PHRÉNOLOGIE (Notions de), par Julien le Rousseau. — 1 beau vol. in-8. 4 fr. 50 c.

QUESTION RELIGIEUSE (la), par A. Gilliot. — Brochure in-18. 30 c.

RABELAIS A LA BASMETTE. — Extrait des chroniques du joyeux curé de Meudon, par A. Constant. — 1 vol. in-18. 60 c.

RÉFORMES POLITIQUES (les) et les Réformes sociales, par F. Guillon. — in-18. 10 c.

LE ROI RODRIGUES, drame en prose, par Guillemon (extrait de la Phalange) in-8. 50 c.

RUCHE A E:PACEMENT (Notice sur la) et sa Culture, par Charles Soria. — in-8. 60 c.

SALON DE 1851, par Sabatier Ungher. — in-8 50 c.

SEIGNEUR (le) DE LA DEVINIÈRE. — Second extrait des chroniques du joyeux curé de Meudon, par A. Constant. — in-8 60 c.

SEL (le). — Impôt, Réduction, Régie, ou la question du sel sous toutes ses faces, par J.-J. Jullien. — Grand In-8. 4 fr.

SOCIALISME DE L'ÉTAT (le), par F. Guillon. — Brochure in-18. 10 c.

THÉORIE DES FONCTIONS (Coup d'œil sur la), par A. Tamisier, ancien élève de l'Ecole polytechnique, 2e édit. — Br. in-18. 50 c.

TRAVAIL AFFRANCHI (Collection du journal le) in-4 broché (contenant de nombreux feuilletons de M. Toussenel). 3 fr.

TROIS MALFAITEURS (les). — Légende orientale (Jésus-Christ et les deux larrons), par A. Constant. — Brochure in-18. 30 c.

UNION OUVRIÈRE, par feue Flora Tristan 25 c.

UNITÉ RELIGIEUSE (de l'), par Aph. Gilliot. — 1 vol. in-12. 1 fr

MAISON NATALE DE FOURIER, lithographie à deux teintes. 1 fr. 50 c.

UN PHALANSTÈRE (vue générale à vol d'oiseau d'), ou village organisé d'après la théorie de Fourier, avec la campagnes environnantes, belle lithographie de 35 centimètres sur 39, dessinée par J. Arnoux, Epreuve noire. 5 fr. et 3 fr.

EFFIGIES DE FOURIER d'après les types authentiques.

I. Portrait d'après le tableau de Gigoux.

Gravure en pied, par CALAMATTA.

Epreuves d'artiste, sépia. 25 fr.
— — sur chine. 20
Epreuves avant la lettre, sépia. 18
— — sur chine. 15
— — sur blanc. 12
— après la lettre, sépia et chine. 8
— — sur blanc. 6

Copie lithographie de la précédente gravure, par Couturier (de Châlons-sur-Saône) imprimé par Landa. 3 et 4 fr.

Très belle lithographie à mi-corps, d'après le même tableau, par Cisnéros. — Séries 1re, 5 fr. ; — 2e, 3 fr. ; — 3e, 1 fr. 50 c.

II. Buste, par Ottin.

Buste en plâtre, grandeur naturelle. 12 fr.
Réduction à demi-grandeur. 4 fr.

La Librairie sociétaire se charge de tous achats et commissions en librairie.

Envoyer toutes lettres et tous mandats de poste et autres valeurs au nom de M. EMILE BOURDON, 2, rue de Beaune, à Paris.

Paris. — Imprimerie L. Grimaux et Comp., rue du Croissant, 16.

V. CONSIDÉRANT — AU TEXAS